CORNUDO

VLADISLAVA SAKHAROVA
@blondepasta

CORNUDO

Papel certificado por el Forest Stewardship Council®

Penguin
Random House
Grupo Editorial

Primera edición: febrero de 2024

© 2024, Vladislava Sakharova
© 2024, Penguin Random House Grupo Editorial, S. A. U.
Travessera de Gràcia, 47-49. 08021 Barcelona

Printed in Spain – Impreso en España

ISBN: 978-84-9129-944-8
Depósito legal: B-20231-2023

Compuesto en Mirakel Studio, S. L. U.

Impreso en Rodesa
Villatuerta (Navarra)

SL99448

A mi compañero de vida Alejandro,
cuya inagotable fe en mí es
y ha sido mi mayor fuerza

Y a mi coach literario Santi Baró,
cuya visión y profesionalidad no solo han dado
vida a esta obra, sino que también han sido
una fuente de inspiración y aprendizaje

Con todo mi cariño y gratitud

1

En Ciudad Jardín, un barrio residencial de Las Palmas de Gran Canaria, el Aston Martin de Jorge maniobra sobre los guijarros de la entrada del chalet de Claudio, su padre. Este anda casi en paralelo a la puerta del conductor y se asoma a la calle al mismo tiempo que el descapotable cruza el gran portón metálico, que, tras un chirrido eléctrico, se desliza de izquierda a derecha por un estrecho y engrasado eje. Ya con los neumáticos sobre el asfalto del paseo, Jorge acelera y los más de quinientos caballos rugen y se encabritan. Pero nadie se altera en ese barrio de mansiones, jardines de altas palmeras, sol y mucho glamur, donde confluyen los modelos más atrevidos y caros, sobre todo caros, del parque automovilístico de la capital canaria.

Claudio se limita a negar con la cabeza en un gesto de hastío y a levantar un brazo para despedirse de su hijo y de su nuera. Carmen, su mujer, se ha quedado dentro con su nieto, el pequeño Jorge, que acaba de cumplir siete años. Júnior, como le llaman todos, va a pasar el fin de semana, cosa habitual, con los abuelos. El portón vuelve a chirriar, ahora de derecha a izquierda, y el patriarca atraviesa de regreso la explanada de blancos guijarros dispuesto a pasar un fin de semana familiar. Camina tranquilo, con ambas manos en los bolsillos de los pantalones, unos chinos de algodón grises y clásicos, y antes de entrar se da la vuelta para comprobar, como de costumbre, si la verja se ha cerrado.

De camino a Pasito Blanco, del norte al sur de la isla, Cristina, la mujer de Jorge, levanta la barbilla en un gesto muy de Audrey Hepburn para dejarse acariciar por el aire. Que corra el viento al ritmo de la cilindrada del Aston Martin es un vicio que se contagia. Por eso, cuando cogen la autovía levanta los brazos y grita:

—¡Dale, Jorge! ¡Dale más!

Y Jorge acelera y el deportivo pega un brinco que casi se levanta como un Boeing a punto de despegar. Ella chilla, cierra los ojos, agita los brazos y se da de nuevo un baño de viento y libertad. Cuando los abre, observa la luz del crepúsculo que pinta el océano de un tono anaranjado. El sol se hunde detrás de la línea del horizonte como si se sumergiera bajo el mar a bucear. Saborea, golosa, ese aire que impregna la isla y que sabe a mil noches de mar. Según Cristina, ese aroma lleva una especie de elixir que atrapa y retiene para siempre a quienes lo prueban.

Cuarenta minutos después atraviesan la entrada al complejo de Pasito Blanco que, junto con una extensa red hotelera por toda Gran Canaria, pertenece a los Guzmán, la familia de Jorge. Él y su mujer prefieren vivir allí, en una zona residencial y tranquila, con vigilancia privada y apenas vecinos fuera de la estación vacacional. El chalet, en un alto, como un faro, contempla de manera privilegiada el recorrido del muelle hasta la punta del Yacht Club, donde los mástiles de los yates y veleros bailan lentos y acompasados, y pocos metros más allá el océano infinito se pierde en el horizonte.

La casa, de dos plantas, piscina, terraza y un enorme jardín con césped y palmeras que rodea la estructura del inmueble, la construyó expresamente para ellos el abuelo Claudio cuando la pareja se prometió. Le pusieron de nombre La Habana en memoria del territorio que acogió a sus bisabuelos y que les brindó, gracias a la industria tabaquera, suficiente fortuna para invertir en las islas cuando el bum turístico llegó a España.

—¿Y me dirás ya cuál es esa sorpresa tan importante? —Cristina no puede contener su curiosidad apenas se baja del coche.

Jorge sonríe, pero no le contesta, abre la puerta que comunica el garaje con la entrada, sube los tres peldaños que separan los dos espacios y, cuando pisa el vestíbulo, se gira, la contempla y sufre el mismo azote que se repite una y otra vez cada vez que la mira. La sensación de compartir su vida con la mujer más bella, exótica y sexy de la faz de la tierra. Cristina, de estatura media, algo más de metro sesenta, piernas largas, caderas redondeadas y silueta estrecha, guarda su mayor peligro en la mirada, una mirada que barre y excita con solo humedecerse los labios y mostrar sus dientes blancos. Jorge, en cambio, es un hombre normal, ni guapo ni feo, ni alto ni bajo. Mediocre, corriente. Cara de búho, grandes entradas en la frente que lo amenazan con heredar la calvicie de su padre y una barriga que, dependiendo de las dietas, viene o va. Redondeada o exagerada, depende de la estación. Cualquiera que los vea juntos puede pensar sin temor a equivocarse que no es la química lo que hace que vayan cogidos de la mano. Las mentes más insidiosas verán a un cliente y a su *escort*. Las que sufren de envidia insana, a una cazafortunas y al hijo pijo de los Guzmán.

—¿No me lo piensas decir? —insiste juguetona una vez en casa.

Jorge, de pie junto al hueco de la escalera interior, la que lleva a las habitaciones, se afloja la corbata, se desabrocha los primeros botones de la camisa y continúa con el misterio que a media tarde le había soltado por wasap: «Esta noche te daré una sorpresa».

—Esta noche cuando cenemos, Cris…

—La cena de los viernes. —Sonríe pícara, porque los viernes toca comer algo especial, beber y sexo.

—Me voy a duchar.

—Ponte guapo.

Él sonríe otra vez convencido de que esa noche será diferente, de que, más allá del sexo al que están acostumbrados, rozarán la excelencia porque lleva en el bolsillo lo único que a ella la prende. Lo sabe por experiencia.

Cristina espera que su marido desaparezca tras el primer recodo de la escalera. Le gustan las sorpresas, pero, habituada a tener de todo, no sabe lo que puede ser. Un viaje, una noche en alta mar, una joya cara… No, está segura de que no será nada de eso. Si fuese al revés, seguro que él sospecharía de un nuevo embarazo. Se ríe de la ocurrencia y se acerca a la bodega. Es una enorme nevera, una vinoteca, para conservar a la temperatura ideal la gran variedad de reservas que contiene, una auténtica fortuna. Cenarán jamón ibérico de Joselito, una tabla de quesos selectos y un filete de ternera Ayrshire que ella preparará con una receta de salsa de arándanos que acaba de encontrar en internet.

A Cristina le encanta cocinar. Revisa el botellero y elige un clásico para la ocasión; un rioja, Coto de Imaz de 1995. Lo descorcha, huele el tapón, deja escapar un pequeño suspiro de placer y se sirve una copa. El gozo aumenta en intensidad cuando lo paladea. Una vez en la cocina, abre la nevera y saca los quesos y el jamón para que se atemperen. Entonces se da cuenta de que va en tejanos, ajustados y sexis, como de costumbre, pero en pantalones. A Jorge le gustan los preámbulos en el sofá. Le encanta acariciarle los muslos, encenderse paso a paso tras cada una de sus caricias, besarla apasionadamente y mirarla a los ojos. A ella le encanta presumir de piernas. Son preciosas y lo sabe. Largas, fuertes y bien contorneadas, no son esos típicos palillos de las chicas de pasarela, no; sus piernas tienen forma y carne musculada a diario en el gimnasio. Disfruta cuando atrae las miradas de los que hacen pesas y piensan que ahí tumbados nadie se percata de adónde dirigen los ojos. Cuando ella pasa con las mallas ajustadas, el trasero de melocotón y las piernas largas y moldeadas, todos la miran con mayor o menor disimulo.

Da otro sorbo al rioja y duda si subir a cambiarse. Un vestido de tirantes ligero hasta justo encima de la rodilla, de esos que al sentarse se acortan un palmo, de esos que si cruza las piernas se apodera al instante de la situación. Recuerda el Versace estampado que hace tiempo que no usa e intenta recordar dónde lo tiene. Los pasos de Jorge, justo a su espalda, y el olor a almizcle y champú provocan que abandone sus ensoñaciones y la devuelven de nuevo a la estancia. Lo mira. Se ha puesto unos vaqueros y una camiseta blanca con tres botones desabrochados que a ella le despiertan más ternura que deseo. Sonríe como una madre al advertir que él se cree capaz de seducirla o provocarla. Le besa en los labios con cariño y él le rodea la cintura con los brazos y se acerca a ella.

—Cada día estás más buena.

—Pues claro, qué te has creído —responde mirándole a los ojos.

Entonces él ve la botella descorchada sobre la mesa de operaciones de la cocina y gime de placer, en comunión con el suspiro que acaba de soltar ella tras el primer sorbo.

—Coto de Imaz —deletrea como en un rezo.

Suelta la cintura de Cristina y se apresura a servirse una copa.

—Preparo la salsa para el solomillo y luego subo a cambiarme.

Él sonríe, consciente de que va a ser una noche especial, pues en el momento justo usará su arma oculta y los ojos de Cris empezarán a brillar.

—Mientras, voy a poner la mesa.

Ya en la cena, Cristina da rodeos en la charla, disimulando el deseo de llegar al fondo de la cuestión: la sorpresa. Alaba la carne que le han enviado expresamente desde Finlandia, habla de su eterno proyecto de abrir un gimnasio solo para mujeres, y, para ganárselo, consciente de la nula resistencia de su marido, le pregunta si le gusta el Versace que lleva y si desea llegar a los postres para quitárselo. Sabe que nunca falla, que él se guarda la sorpresa para cambiarla por sexo. Cristina es consciente de que el momento ha llegado porque la botella de rioja está ya prácticamente vacía. No aguanta más y quiere averiguar qué es lo que trama su marido.

—Dime, ¿me lo quieres quitar? —insiste.

Él espera unos segundos, sonríe como el jugador de póquer que está a punto de mostrar su escalera de color, se limpia los labios con la servilleta y responde:

—Mañana, si quieres, podemos tener un invitado muy especial a cenar.

La frase la ha descolocado por completo. Tanto que esa tostada con Stilton inglés que se dirigía a su boca vuelve de inmediato al plato. Ya no tiene hambre. Un invitado muy especial a cenar solo puede ser «él», pero no se atreve a pronunciar su nombre.

2

Eduard Weber era el mejor amigo de Jorge; sus padres, alemanes, visitaron las islas un verano a principios de los ochenta y, como les ocurrió a muchos otros, el elixir del que siempre habla Cristina les impidió coger el avión de vuelta a su tierra. La madre de Edu, Mina, se había criado en el restaurante de sus padres en Colonia y por eso no se lo pensaron dos veces cuando el azar les mostró un local en venta en primera línea de la playa de Las Canteras. Él cambió los motores del taller donde trabajaba para atender mesas, y ella cumplió el sueño de regentar su propio restaurante. Además, el turismo alemán estaba en auge en Las Canarias, y que un establecimiento colgara el letrero de SE HA-BLA ALEMÁN fue un reclamo que provocó el éxito inmediato. Por eso pudieron matricular a sus hijos, Eduard y Lola, en la escuela privada Claret, un centro religioso adonde acudían los niños de la flor y nata de la capital. Edu y Jorge se conocían desde el parvulario y allí se convirtieron en mejores amigos.

El día que Jorge se lo presentó a Cris ella se quedó sin aliento. Hacía apenas unas semanas que salían cuando le comunicó, en broma, que debía pasar el trámite del examen de su mejor amigo y que, si no lo superaba, difícilmente su relación iría a más.

—Del cero al diez necesitas mínimo un seis para que vayamos en serio.

—¿Acaso dudas de que me dará un diez? —le respondió aquel día con una de sus miradas más maliciosas.

Cris estaba empleada en uno de los hoteles del señor Guzmán, en Tenerife. En la recepción enamoraba a los clientes, tanto a los hombres como a las mujeres, con su sonrisa y su simpatía natural. El día que Jorge la conoció ya no consiguió quitársela de la cabeza. Cuando los presentaron, ella le dedicó una de sus miradas y él cayó rendido a sus pies. Pronto la llevó al hotel de Las Palmas de su misma cadena, que dirigía desde no hacía mucho, para así estrechar el cerco y conquistarla. No tenía otra cosa en la cabeza porque Jorge no había visto nunca una criatura igual. Cris era un torbellino seductor con una simpatía radiante. Por eso tenía claro que no pararía hasta hacerla suya.

—Conseguirás la matrícula de honor —le confesó Jorge, convencido, poco antes de presentarle, por fin, a su mejor amigo.

En aquella época, Edu salía con una española, Marta, quien también había pasado antes el trámite del examen con un sobresaliente más que sincero por parte de Jorge. Llevaban bastante juntos. Marta era guapa, simpática, amante de la naturaleza y de los animales, le gustaba montar a caballo y no necesitaba aparentar que era pura, sencilla y noble. Una mujer de campo. Por eso a Jorge le costó tanto conseguir que Edu remontara cuando lo dejaron; aún no sabe bien qué fue lo que ocurrió entre los dos.

Marta fue la tercera pareja de Edu que pasó el trámite, pero Jorge se estrenaba con Cris. Hasta que la conoció, tenía serias dificultades en sus relaciones con las mujeres y duraba tan poco con ellas que tan solo eran ligues esporádicos, no había llegado nunca a nada serio. Edu había conocido a alguna de ellas como la que le presentó Marta a Jorge una noche de discoteca en Urban, pero la etiqueta de novia solo la lució Cristina. Solo ella aceptaba sus extravagantes gustos sexuales.

Aquella lejana noche de la presentación habían quedado con Edu y Marta para comer algo informal en una pizzería. Cris y Jorge llegaron unos minutos antes y se sentaron. Ella reconoció a Edu al instante, en cuanto vio a una pareja que se aproximaba poco a poco, sorteando las mesas con manteles a cuadros rojos y blancos. Pero no gracias a la descripción de Jorge, sino a su sonrisa. Edu era alto, algo estrecho de espaldas, de pelo rubio con un corte casi militar, ojos azules, labios carnosos y una mirada tímida que no pegaba con su fachada. «Un engaño para seducir a las chicas, su particular piel de cordero», pensó Cris, segura de que no se equivocaba. Durante aquel encuentro se quedó tan deslumbrada por el azul que desprendían sus ojos que ni vio a Marta. Desconcertada, tardó unos instantes en darse cuenta de que solo ella seguía sentada a la mesa. Jorge, Edu y Marta se intercambiaban besos y saludos de pie mientras ella, alelada en su silla, seguía ahogándose entre las olas.

—Cris. —Jorge reclamó su atención—. Marta y el idiota de Edu.

Marta se adelantó para saludarla con dos besos y ella por fin reaccionó, se levantó de la silla y fue consciente de que el alemán no había llegado solo.

—Siempre se hablan así, no te preocupes —le avisó Marta segundos antes de que Cris se encontrase tan cerca de los labios de Edu que al instante tan solo sintió el deseo de besarlos.

—Es un placer conocerte —le dijo él de manera cortés y un poco de manual.

Se sentaron y surgieron las típicas bromas, las anécdotas de toda una vida de amistad, los planes inmediatos de cómo acabar la noche y los de más allá, todo lo que podrían hacer juntos los cuatro ahora que ya se conocían y crecía la familia de una amistad que nació los primeros años de sus vidas.

—Ya somos cuatro —brindó Jorge con el vaso de chianti en alto.

—Como los mosqueteros —se apuntó Marta.

—¿No eran tres? —consultó entre risas Cris.

—No te olvides de D'Artagnan —apuntó Edu acariciándole levemente la muñeca.

Cris sintió un escalofrío ante ese mínimo roce. Se sonrojó al instante y trató de borrar de sus mejillas ese ardor tan intenso que no podía evitar.

—¡Por los mosqueteros y D'Artagnan! —Cris levantó su copa y brindó para disimular, pero volvieron a mirarse y sintió un estremecimiento entre las piernas.

Luego fueron a bailar a la Urban, un ambiente adecuado para una primera cita a cuatro, aunque no era un sitio que Edu y Marta pisasen muy a menudo. Alcohol, desenfreno y baileteo bajo las luces intermitentes de la discoteca. Bajo el parpadeo de luces como flashes, Cris disimulaba el deseo que la inundaba cada vez que buscaba los ojos de Edu. La desarmaba esa mirada tímida que salía de esos ojos azules como el mar. Y se moría por besar esos labios carnosos.

Desinhibida gracias al alcohol y a la fiesta, bailaba con las caderas casi pegadas a él y se rozaban todo el rato los brazos y la espalda. Y no paraban de sonreír con picardía. Se miraban a escondidas, como si estuviesen solos en el local. Cris buscaba mil cosas que decirle para hallar una excusa y ponerse de puntillas, apoyarse en sus hombros y hablarle al oído. Y reír, reír sin parar. Es más, deseaba pillarlo con los ojos en su escote y corresponderle con una mirada que contuviese una retahíla de palabras que le susurrasen que adelante, que no dejase de mirarla porque ella llevaba toda la noche húmeda, deseándolo. Que no entendía qué le pasaba, pues nunca le había ocurrido algo así, pero que no podía frenarse y que, si no salían pronto de ahí, lo arrastraría hasta los servicios y se lo tiraría. Que no se podía controlar, que eso era lo que sentía. Sí, se lo tiraría allí mismo, delante de todos, si nadie ponía remedio y la sacaba de allí.

Y lo que más asustó esa noche a Cris fue la conciencia de saber que no fantaseaba con una diablura de esas imposibles, porque, si no se hubieran retirado en ese instante de máxima tensión a los sillones para apurar el último cubata, la habría llevado a cabo. Lo habría arrastrado al rincón más apartado y allí se lo habría tirado sin medir las consecuencias. Pero Marta estaba cansada de tanto bailar y les propuso que por qué no se sentaban todos a descansar un rato. Jorge aprovechó y pidió una última copa y, como ella y Edu se sentaron tan apartados, uno en cada extremo, entendiendo que si se volvían a rozar ya no les quedaría más remedio, Cris consiguió calmar un instinto casi irracional.

Una vez se despidieron a la salida de la discoteca, Cris y Jorge se dirigieron al coche; él iba a llevarla al hotel, pues ella todavía dormía allí, pero ella no pudo aguantarse hasta llegar a la habitación. Aprovechando las horas más ocultas de la madrugada y la soledad del aparcamiento, Cris se lanzó sobre Jorge sin dejar que arrancase el Mercedes que tenía en aquel momento.

Jorge, al oírla gemir por primera vez, comprendió perfectamente lo que acababa de suceder. La había estado observando toda la noche, pero en ese momento no le confesó nada: dejó que todo fluyese.

3

Jorge analiza la situación. Se ha creado un momento incómodo entre ellos. Cristina sabe que es inútil continuar haciéndose la tonta y fingir que no sabe de quién le habla, pero le cuesta demasiado.

—¿Cómo? —solo acierta a pronunciar con la mirada baja.

—Me ha llamado esta mañana para darme la sorpresa, llegó ayer para visitar a Lola.

—Pero así... ¿De repente?

Sin darse cuenta, retira el plato despacio. Jorge se fija en el detalle: Cristina se ha quedado completamente descolocada y, si no encauza la situación, la jugada no le va a salir bien.

—¿No te apetece verlo otra vez?

—No lo sé, todo es muy raro...

—Siempre que te hablo de él la cosa va bien, se te iluminan los ojos y la mirada. Nos va bien cuando hablamos de él, es nuestro recurso; por eso no te he dicho nada hasta ahora, porque pensaba que te haría feliz saber que lo volverías a ver después de tanto tiempo.

Jorge se da cuenta de que la estrategia está haciendo agua por todas partes. Cristina no lo está escuchando con sonrisa boba y mirada radiante, como cuando se inventa charlas telefónicas con Edu en las que este, supuestamente, le pregunta por Cris y le confiesa una vez tras otra que se muere por volver a verla. Que se muere de ganas de regresar a Las Palmas y pasar por su casa para regalarse la vista con su silueta, que no puede dejar de pensar en ella, que sigue tan embrujado como el primer día que la vio. Siempre que Jorge ha usado esta artimaña le ha funcionado. Sabe que a su mujer nada le pone tanto como esas confesiones de que los tiene a ambos rendidos a sus pies.

Esta táctica que empezaron a practicar aquella noche tan lejana, cuando Edu y ella se conocieron, siempre ha desembocado en una noche de pasión y sexo desenfrenado. Siempre ha funcionado el juego. Pero esta vez Jorge se da cuenta de que todo es diferente y de que la posibilidad de volverse a encontrar con Edu, en lugar de ponerle, la descoloca. No consigue la misma reacción que cuando se inventa que los dos han estado hablando de ella o cuando le miente haciéndole creer que se ha convertido en la obsesión y en el delirio de Edu. No logra esa mirada dichosa, halagada y pícara que le sale mientras él no deja de mentirle y decirle que su amigo le pide fotos de ella y que mejor si posa explosiva, erótica. Fotos que ella prepara con ganas porque cree que tarde o temprano Edu las tendrá en sus manos.

No, esa cena está avanzando de una manera muy distinta a las otras veces, cuando, bajo el calor del alcohol y el deseo, Cris disfruta sonsacándole a su marido todo lo que Edu sufre a más de tres mil kilómetros de distancia por no poder tenerla a su lado.

—Pensaba que te haría feliz que mañana cenáramos juntos.

—Tendrías que habérmelo consultado, ¿no crees? —Ella no se muestra enfadada, pero sigue con la vista perdida en algún lugar.

Se dirige a él sin mirarlo, como si estuviese en trance. No está furiosa, y esto, junto con su tono de voz, lo desconcierta totalmente.

—Era una sorpresa, Cris. Estaba convencido de que te alegrarías… Ya sabes cómo hemos acabado siempre que hemos hablado de la posibilidad de que volvieras a verlo, ¿no? —Él sí se muestra un poco enfadado, aunque trata de contenerse.

Cris, como para ganar tiempo, se sirve el último trago que queda en la botella y lo bebe sin saborearlo. Se limpia con la punta de la servilleta, la dobla y la deja sobre el mantel. Ladea la cabeza y por fin lo mira directamente a los ojos. Jorge contempla los labios recién bañados en el vino, los ojos, la espalda tersa, los brazos bronceados y desnudos, los hombros apenas cubiertos por los tirantes del Versace y ese escote que deja ver sus magníficos pechos, como dunas apretadas la una contra la otra, rebotando a cada leve movimiento…, y desea arreglar la noche como sea. Volver atrás si es necesario, rebobinar, plantearlo de otra forma o buscar una nueva oportunidad. Desea a su mujer. Ahora.

—Lo siento mucho, cariño, ya sabes que me tienes a tus pies… Quería hacerte feliz, solo eso. Estaba convencido de que no había nada que te hiciera más ilusión que volverlo a ver.

—¿Y estará mucho tiempo aquí?

Jorge se da cuenta de que esa frase es un tiempo muerto, una tregua que piensa aprovechar. Se levanta y se dirige a la licorera.

—¿Te apetece un Lagavulin?

—No, gracias, daré unos sorbos del tuyo.

Se sirve en el mueble bar y, gracias al ángulo de visión, le mira las piernas a su mujer; semiescondidas bajo la mesa solo las intuye y eso le dispara más el deseo. Tendrá que ir con pies de plomo y mucha astucia para reconducir la situación. Se acerca por la espalda y le besa la base del cuello, ella se gira y le ofrece los labios. Es un beso corto pero caliente. Jorge se sienta, levanta la copa y olfatea el whisky escocés con deleite, ese aroma ahumado de turba que lo embriaga. Ella se le adelanta y le da el primer sorbo.

—Es fantástico.

Cris cierra los ojos para que fluyan mejor los sabores y él no deja de mirarla. Reprime el deseo de arrodillarse a su lado, de abrazarse a sus piernas, besarlas y acariciarle los muslos. Está tan excitado que se siente a punto de explotar.

—Me preguntabas que si se quedará mucho tiempo. Pues no lo sé. Me ha soltado que si quería tomar una cerveza en el Quiosco de San Telmo cuando me ha llamado y se ha echado a reír.

—Entonces ¿os habéis visto ya? —le interrumpe bruscamente.

—No, no, esa era su intención, pero me ha resultado imposible porque tenía la agenda llena. No he podido ni quedar a comer con él…

—¿Y su padre? ¿Qué tal está? ¿Has preguntado por él?

—Sí, claro, siempre le pregunto. Bien, dice que está bien… Cris, no le des más vueltas… Lo he invitado a cenar a casa, pero, si te sientes incómoda, busco cualquier excusa y lo suspendo.

—¿No crees que invitarlo a cenar así, de repente, es demasiado extraño? No sé, Jorge, si ya se lo has dicho, no hay vuelta atrás, pero repito que tendrías que habérmelo consultado. Lo más lógico era habernos visto antes, haber tomado unas cervezas en un bar o que simplemente se hubiese pasado para también conocer a Júnior. Hace ya diez años, Jorge, ¿no te das cuenta?

—Tienes razón… No te preocupes, me puedo inventar una excusa. Tengo mucha confianza con él y sabe que ahora dirijo la cadena y que estoy bastante ocupado. No me cuesta nada inventarme una repentina cena de negocios.

—No sé, Jorge, no sé…

Jorge intuye por primera vez ese brillo en la cara de Cris cuando hablan de Edu. Para comprobar si son alucinaciones o si realmente empieza la partida, exclama:

—Claro, que estoy seguro de que si me invento una cena imprevista en el hotel, él me pedirá verte a solas.

Sí, no es una alucinación, a Cris siempre se le escapa esa sonrisa cuando le habla de él, cuando le confiesa que su amigo no consigue olvidarla, que la desea hasta tal extremo que no se siente feliz con ninguna mujer.

—Hace diez años que no lo veo, Jorge. Diez años, y después de todo se marchó sin decirme adiós. Creo que no me lo merecía, no se portó bien.

—Todo fue muy rápido, la oferta de trabajo en Stuttgart, el estado de salud de su madre, que falleció poco después, todo pasó de repente… Él estaba seguro de que volvería pronto y no fue así, ya lo sabes. Nosotros habíamos compartido toda una vida y tardé tres años en verlo de nuevo. ¡Tres años, Cris, tres años! Y después no lo he vuelto a ver. No se lo puedes tener en cuenta.

—Lo sé, Jorge, todo eso lo sé… Pero ya sabes que la última vez que lo vi nos acostamos.

—¿Anulo la cena?

—No, no lo hagas, pero quiero que tengas claro, que lo tengáis los dos, que no va a pasar nada.

Y no, Jorge no lo tiene claro, no tiene nada claro. Aún no ha tenido tiempo de hablar con Edu en persona, ni siquiera lo ha invitado a cenar. Ha engañado a Cris porque está deseando que recuerde esa última vez que cenaron juntos en casa los tres. Jorge cree que ese recuerdo le va a brindar una noche de sexo loco, es su objetivo más inmediato. Lo que ocurra después aún no lo ha planeado. Ha quedado con Edu a la mañana siguiente en el hotel, pero su esposa no tiene ni idea del plan. Sí, va a proponerle a su amigo que mañana vaya a cenar a casa e insistirá hasta que este acceda.

La única vez que Edu visitó la isla desde que se marchó fue para ver a su hermana Lola. Durante aquel viaje fugaz, Cris estaba embarazada, pero Edu no mostró interés por verla.

Jorge tampoco se lo propuso ni ella se lo pidió, como si quisieran esconder la transformación del cuerpo de Cris debido a su estado. Poco tiempo después de nacer su hijo, cuando recuperó la silueta, volvieron a jugar. Ella se retrató para la ocasión con un tanga negro, las piernas abiertas y cara de *femme fatale*.

—Si te pide fotos, enséñale esta —le había dicho Cris.

Sí, ya no tiene ninguna duda después de ese viaje al pasado: mañana convencerá a Edu para que cene con ellos, pero tendrá que asegurarse antes de que no rechazará a Cris si a ella se le escapa una de esas miradas que augura todo tipo de juegos sexuales. Debe estar seguro, como la otra vez, de que si Cris desea llevárselo a la cama, él accederá. Quiere que todo sea como diez años atrás.

4

Unos meses después de que Cris y Jorge se casaran, Marta y Edu lo dejaron. Edu le confesó a su mejor amigo que la cosa se había ido enfriando poco a poco, que nunca existió ninguna razón de peso ni terceras personas, que lo fueron dejando por aburrimiento, nada más. Eso provocó que la pareja se lo llevara a todas partes y que pasaran a ser tres en todos los planes que organizaban. Incluso en invierno fueron a esquiar varios fines de semana juntos a la península, a Baqueira. Allí Jorge se atrevió a sacar el tema por primera vez. Acababan de compartir unos *gin-tonics* en un local de moda en Viella y Cristina se había sentado entre los dos en un tupido sofá. Llevaba un suéter rosa de cuello cisne de cachemir y una minifaldilla de cuero que dejaba al descubierto sus muslos.

Jorge se dio cuenta de que las piernas de Edu y su mujer se rozaban, mientras que las suyas quedaban a más de un palmo de distancia de las de Cristina. Se hablaban, se miraban constantemente, se sonreían, se tocaban las manos y los brazos y, a veces, le parecía que ni se daban cuenta de que él estaba allí. Una vez en el hotel, se detuvieron delante de la habitación del matrimonio. Edu solo debía dar unos pasos más para llegar a su dormitorio. Se estaban despidiendo cuando Jorge notó que crecía en su interior la idea de preguntarle a su amigo si quería entrar con ellos. Tuvo la sensación de que su pensamiento sonaba tan alto que no era necesario formular la invitación. Ellos, Cris y Edu, se miraron a los ojos como lo habían hecho durante toda la noche; sin embargo, él no se sintió invitado a entrar. Le dio las buenas noches a Cris con un beso en la mejilla; ella le tocó la cara dulcemente con la palma de la mano y le devolvió otro beso, pero, a diferencia del de Edu, que no fue más que el típico choque de mejillas, le dejó los labios marcados. Ninguno de los dos parecía escuchar lo que Jorge les decía a gritos sin palabras. Luego Edu miró a su amigo, le sonrió, le dijo que fuera bueno y se marchó.

Al otro lado de la puerta, con el tiempo justo para poderla cerrar, Cris abrazó a Jorge como si se le fuera la vida y lo morreó empujándolo hasta la cama. Él quedó atrapado entre la colcha y su cuerpo. Ella deseaba que todo ese fuego que le ardía por dentro lo apagara Edu y no Jorge.

—Te pone, ¿verdad? —le preguntó este de golpe.

Ella se detuvo en seco y lo miró a los ojos como si estuviese delante de un demente.

—¿Quééé?

—Que te pone, Cris… No me importa… No me importa en absoluto… Veo cómo lo miras, cómo te mira, cómo te comportas en la cama después de haberlo visto… No lo puedes negar y, repito, no me importa.

—Estás paranoico, Jorge.

Cris irguió la espalda y se quedó sentada encima de él como si lo montara. De pronto se enfrió ese ímpetu sexual con el que había asaltado a Jorge y lo observó fijamente. Le pidió que se explicara.

—Cris, en serio, no pasa nada… Sé que Edu te pone caliente y sé que tú le pones caliente.

—Eso solo ocurre en tu mente enferma, Jorge.

—No, no es mi mente, es la realidad. Él te desea; me lo ha confesado un millón de veces. ¿Por qué crees que siempre viene con nosotros? ¿Por qué piensas que se pasa por casa cada dos por tres? Por qué crees que dejó a Marta, ¿eh? Porque está loco por ti…

Jorge lo soltó así, sin pensarlo. Sus fantasías urgentes se convirtieron en palabras que nunca supo quién le había dictado. Edu nunca le había confesado nada de eso. Jamás.

—¿Eso te ha dicho Edu? ¿Cuándo?

—Siempre que nos encontramos a solas. Está como obsesionado contigo, solo desea hablarme de ti…

—¿De mí? ¿De mí para qué?

—Está hipnotizado por tu belleza y por tu cuerpo… Sufre una auténtica obsesión que prácticamente llega al delirio, Cris. Y como sabe que a mí no me importa, trata de convencerme para que montemos un trío.

—Estoy alucinando…

—Es que es para alucinar, Cris. Algún día grabaré nuestras charlas para que te des cuenta. Ya te digo que por eso dejó a Marta; lo tienes loco.

En ese momento Cris se descalzó, se tumbó en la cama, miró al techo y suspiró. Tal vez viajó hasta Edu e imaginó sus labios carnosos, esos ojos azulados y las miradas intensas que siempre se intercambiaban. Jorge le acababa de asegurar que no se las imaginaba, que realmente estaban ahí y que Edu sentía lo mismo por ella. Y un escalofrío, el mismo que la recorría una y otra vez cuando el amigo de su esposo estaba a su lado, la estremeció.

Jorge, que había aprovechado el silencio para echarse a su lado, también miró al techo. Ese montón de palabras que se acababa de inventar por culpa de la excitación y el alcohol le abrumaba, pero no sabía qué hacer ni qué decir. Acababa de visualizar de una forma muy clara su gran fantasía sexual: que su mejor amigo y su mujer follaran delante de él. Tan real fue la alucinación que casi olvidó que solo estaba ocurriendo en su cerebro.

—No me lo puedo creer —le dijo Cris.

—Si quieres le envío un wasap para que venga y ya verás cómo te crees todo lo que te estoy contando.

Jorge se marcó ese farol convencido de que Cris, por más borracha y excitada que estuviera, nunca aceptaría. Pero ella continuó mirando al techo sin contestar, y cada segundo que pasaba le hacía sentirse cada vez más cerca del abismo. ¿Y si decía que sí? ¿Qué coño tenía que hacer si Cristina le decía que sí? Qué hacía si ella le decía que lo llamase, que lo hiciera venir al dormitorio, que sí, que se los tiraría a los dos. Se puso a temblar, porque, de acuerdo, Edu se había pasado toda la noche repasando a su mujer…, pero de ahí a mandarle un wasap había un trecho. ¿Qué le iba a escribir? «Hola, ¿quieres venir a nuestra habitación y follarte a mi mujer?». Jorge lo estaba pasando mal con el silencio de su esposa; un segundo más sin palabras y le habría dado un infarto.

—¿Lo hago? ¿Lo llamo? —insistió él en su farol y a punto de morir por la incertidumbre.

—No, claro que no… Quién te crees que soy, ¿eh?

Jorge soltó de un resoplido todo el terror que segundos antes le carcomía. Entonces buscó la boca de Cris y se encontró la versión buena, la que siempre le dejaba Edu a punto. Entre morreos se acariciaron; entre morreos se desnudaron; entre morreos dieron vueltas por la cama; entre morreos, y cuando ella ya no pudo más, lo obligó a meterle la cara entre las piernas y gimió casi al instante, más rápida que nunca. Cris cerró los ojos, suspiró y poco a poco fue recuperando la respiración. Cuando los abrió, vio que los de Jorge brillaban de lujuria y deseo. Los ojos azules de Edu ya hacía rato que se habían ido…

—¿Quieres follarme?

Cuando empezó a cabalgarla, ella le pilló los pezones y se los retorció deseando que no disfrutara ni un segundo de más. La mirada se le endureció.

—¡Córrete ya! —le ordenó.

Como ella había calculado, Jorge gritó de dolor y placer al segundo, luego se tumbó rendido a su lado en la cama y, mirando al techo, le preguntó:

—Cris, ¿serías capaz de hacerlo?

—¿Un trío con Edu? —respondió sin mirarlo.

—Ajá.

—Sí.

Jorge se quedó con ese simple sí, con su deseo secreto que ya no era tan secreto, con ese sí en el que Cristina reconocía que su vida sexual dependía de Edu desde el primer día que lo vio. Era un sí breve, sin una promesa de ir más allá. Era tan solo un sí, pero, en caso de querer provocar todo eso que estaban pensando y sintiendo, se toparían con un gran inconveniente: decírselo a Edu.

5

En el principal hotel de la familia Guzmán, el Santa Catalina, frente al puerto deportivo, de aspecto señorial y envuelto en glamur, Jorge dispone de una enorme *suite* en la primera planta dividida en tres espacios: una sala de reuniones, una habitación con una cama *king size* donde acostumbra a echarse la siesta y el despacho con un ancho balcón y vistas a la piscina. Tan ancho que a veces traslada su mesa de trabajo allí. Le gusta el ambiente, el chapoteo de los bañistas rompiendo la azulada superficie, las mujeres en bikini tomando el sol en las hamacas, las risas de los más pequeños metidos en sus juegos, la voz grave de un padre regañándolos en castellano, inglés, alemán o francés. Le gusta cuando el silencio de la noche recorre los rincones como si fuera un eco sordo de las voces acumuladas; por las mañanas, si llega antes de que la piscina abra sus puertas o si se ha quedado a dormir allí, le encanta observar el manto azul ondulado por la brisa, las hamacas vacías y sin las colchonetas, las sombrillas cerradas y el piar tranquilo de los gorriones saltando de rama en rama en las palmeras. No cambiaría ese despacho por nada del mundo; es un lugar fantástico, su rincón paradisiaco.

El interfono del escritorio suena y una luz verde intermitente le reclama. Mira su Rolex con un gesto ensayado y sonríe, preocupado. Han pasado siete años desde la última vez que se vieron, diez desde esa noche que compartió a su mujer con él. Como en aquella ocasión, vuelven a estar en la casilla de salida y por eso se le atraganta la alegría de reencontrarse con su amigo de la infancia.

—Señor Guzmán, el señor Eduard Weber ha llegado.

—Acompáñalo, por favor.

—Ahora mismo subimos.

—Gracias, Concha.

Jorge sale de su despacho, atraviesa el salón con la enorme mesa ovalada de ébano reluciente y se dirige al recibidor. Oye voces rebotando por el pasillo y el marcado acento alemán de su amigo. Sonríe y se emociona a la vez. Abre la puerta sin esperar que llamen.

—Muchas gracias, Concha.

Esta le dedica un gesto reverente y se va. Ellos se quedan mirando y Jorge apenas lo reconoce. Edu, calvo y con una perilla canosa, solo mantiene esa azulada mirada con la que lo atraviesa.

—Estás gordo —le dice Edu y, como si esas palabras rompieran el dique de las emociones, se abrazan con la furia de esos siete años sin verse, los mismos que tiene el pequeño Jorge. Es un abrazo que contiene toda una infancia, toda una adolescencia y toda una amistad.

—Y tú calvo, joder —le suelta Jorge cuando se separan.

Lo acompaña hasta la mesa de reuniones y retira una silla junto a la ventana. Una turista rubia se ha levantado de la hamaca y se dirige al chiringuito. Luce un bañador blanco que le resalta el bronceado y le marca la silueta. Bambolea las caderas cuando anda. Jorge la mira y está a punto de soltar una chanza, pero se calla. Han pasado muchos años y puede que sus bromas ya no sean compartidas. Solo se comunican por WhatsApp, algún Skype hace ya tiempo y poca cosa más. Jorge se da cuenta en ese mismo instante, mientras la chica del bañador blanco se apoya en la barra del bar, de que Edu ya no es su mejor amigo, de que él ya no tiene ningún mejor amigo, de que casi no tiene amigos de ninguna clase, de que solo le queda trabajo, dinero y su obsesión por Cris. En realidad, ese hombre calvo que espera sentado a la mesa y que le recuerda a su amigo de la infancia… ya no lo es. Si lo fuera, no se habría cortado, le habría dado un codazo, habría mirado descaradamente por la ventana y soltado: «Mira, Edu, qué buenorra está la rubia». Pero algo le advierte por dentro que no ha de hacerlo. Se centra de nuevo en Edu y olvida a la turista maciza.

—Esto hay que celebrarlo… ¿Champán, una copa de Lavagulin, un buen coñac…?

Edu mira a la pantalla del móvil, adopta una mueca divertida y abre los brazos.

—¿Jorge? ¿A estas horas?… Apenas he desayunado…

—Pero si son las doce… ¿Te pido un bocadillo?

—No, no, qué va… Lola me ha preparado unas tostadas de madrugada.

—¿Cómo le va? Hace siglos que no la veo.

—Con los niños, loca, una auténtica madre…

—¿Y tu padre?

—Quería aprovechar y venir conmigo a ver a sus nietos y su isla, hace mucho que no la pisa, pero tiene las articulaciones hechas una mierda y no se atrevió a acompañarme.

—Ya, dale recuerdos, muchos recuerdos…

—Se los vas a dar tú cuando vengáis a verme.

—¿Cuándo vayamos a verte? ¡Hombre! Ya iba siendo hora de que nos invitaras a Alemania.

—¡Serás cabrón! ¡Te he invitado mil veces!

—No será tanto… Voy a por unas cervezas y algo de picar.

—Vale.

Jorge sale de la sala para meterse en el dormitorio. En el minibar tiene de todo: cervezas, champán, cacahuetes, chocolatinas, refrescos, patatas Pringles… Todo un arsenal.

—¿Coronita va bien? —vocifera.

—Por supuesto.

—¿Pido que me suban unas rodajas de limón y nos la tomamos a morro?

—Por mí no.

—¡Okey!

Lo dispone todo en una bandeja. Las dos medianas, dos vasos largos, el abridor, un cilindro de Pringles y una bolsa de cacahuetes. Se presenta ante su amigo sosteniéndola con una sola mano y la otra escondida detrás de la espalda.

—Señor…, su refrigerio.

—Me alegra ver que no has perdido tu sentido del humor.

—No puede decirse lo mismo de tus pelos…, pero ¿te afeitas o es que te has vuelto calvo?

—Tú no te rías —le señala la frente—, que en cuatro días estás igual.

—O sea, que no te afeitas…, jajaja.

—Ríete, ríete, cabrón…

—Pero, hombre, Edu, eso en Turquía te lo arreglan…

—¿Y qué más da? No sabes qué placer no tener que peinarse por las mañanas ni secarse la cabeza al salir de la ducha. Pero qué te voy a contar; a ti te quedan cuatro días, ya verás, ya.

Ambos se toman un respiro entre largos tragos de cerveza y Jorge se da cuenta de que ni palabra de Cristina, ni mu. Como si por habérsela tirado hace diez años hubiese dejado de existir.

—¿Tienes planes para esta noche? —se decide por fin, casi temblando.

—No he hablado con Lola, la verdad, no lo sé…

—Nos gustaría que vinieras a cenar a casa.

Ya lo ha dicho, ha usado el plural que incluye a Cristina y lo ha obligado así a viajar, como en una regresión, a esa última vez que cenó en su casa.

—¿Cómo está?

—Bien, muy bien, estupenda, preciosa, como siempre...

Edu demora la respuesta, apura su Coronita, suspira sin darse cuenta y Jorge, que nota los latidos de su propio corazón tan claros como si lo estuviesen auscultando, sigue:

—Han pasado diez años, Edu, tarde o temprano os teníais que volver a ver, ¿no? No pasa nada.

—Sí, ya lo sé... ¿A ella qué le parece?

—Bien, le parece bien.

—¿Esta noche? —repite, pensativo.

—Sí, pero, bueno, no sé cuántos días vas a estar aquí.

—Pocos, el miércoles me vuelvo.

—¿Ya?

—Sí, solo he venido a visitar a Lola, bueno, y a ti, a vosotros... Tengo que deciros algo y quería hacerlo en persona...

—No me asustes.

—No, qué va... No es nada malo... Quería invitaros a mi boda.

—Pero... ¿qué?

—A mi boda; me caso, Jorge, me caso...

Jorge sabe que necesita una maniobra rápida para disimular su desconcierto. Su supuesto mejor amigo, con el que no ha dejado nunca de mantener una relación por WhatsApp, resulta que no solo le ha escondido que tenía novia, sino que, además, se va a casar. Siente que está un poco enfadado. Sí, Jorge debe actuar inmediatamente o de lo contrario lo mandará a la mierda en cuestión de segundos, y eso es algo que no se puede permitir. Edu no lo sabe, pero su vida sexual se sostiene gracias a que Cris cree que él huyó a Stuttgart para alejarse de su obsesión por ella. Su vida sexual se sostiene gracias a que ella se alimenta de todas esas historias que le cuenta. Gracias a que ella piensa que Edu no encuentra la felicidad con ninguna mujer porque se siente incapaz de olvidarla. Su vida sexual se sostiene gracias a las mentiras que inventa. Por eso corre al minibar, descorcha un Moët Impérial, trae dos copas del champán que siempre tiene a punto, escarchadas, y teatraliza ese momento interpretando un estado de felicidad completamente antagónico a lo que siente.

—¡Por los novios! —grita, ahora sí, temblando.

—¡Por vosotros! —Edu da un trago, deja la copa sobre la mesa y se justifica—. Nunca te he hablado de ella porque no sabía cómo iba a acabar, tampoco he encontrado el momento, lo he ido dejando. Ya sabes que he salido con otras mujeres y antes de hablarte de ellas ya eran historia. Nos hemos distanciado, Jorge. Quería decírtelo, pero no ha surgido la ocasión.

—No te preocupes —miente Jorge—. Te entiendo.

—Se llama Silvia y habla un castellano perfecto. La conocí hace un par de años, es maravillosa, un encanto… Te gustará.

—A la fuerza me tiene que gustar, recuerda que la boda está en mis manos…

—¿Eh?

—El examen, Edu, el examen… Tú aprobaste a Cris con matrícula, ¿recuerdas?

—Tienes razón, el examen… —Se ríe—. Pero será una putada si no la apruebas unas horas antes de la ceremonia. La comida se va a echar a perder.

—Es un riesgo que has de asumir por no haberla traído a la isla…

—No podía dejar el hospital…

—¿Trabaja en un hospital?

—Sí, es ginecóloga.

—¿Llevas alguna foto?

—Claro.

Edu maniobra el móvil y pasa pantallas, concentrado. Jorge se sirve una segunda copa sin respirar, la tensión lo está ahogando. ¿Cómo va a contarle a Cris que Edu se casa si apenas hace un par de semanas posó en unas fotos cruzando las piernas a lo Sharon Stone para él? La imagen de una mujer pelirroja llena de pecas, más bien fea, ojos oscuros, redondos y pequeños, pelo liso por encima de los hombros y complexión delgada aparece ante los ojos de Jorge, que pega un brinco y vuelve a la realidad.

—Es preciosa —miente.

—La conocí en la clínica.

—¿Te hizo una mamografía?

—Gilipollas… Le presentaba un nuevo medicamento…

—Ya, y le dijiste que, con el pack de hormonas, tú ibas incluido de regalo.

—Más o menos…

—¿Vas a venir esta noche? —Jorge, por primera vez, desea que se excuse, pero Edu asiente concentrado y seguro, como para darse fuerzas.

—Sí, sí, hace mucho que no veo a Cris…

—Desde aquella noche.

Edu sonríe y Jorge, por un instante, no pierde la esperanza. Esa sonrisa le desconcierta y no sabe interpretarla; por eso, trata de no perder el hilo y de que su amigo la siga manteniendo.

—Nos lo pasamos bien, ¿verdad?

Edu esconde la mirada y vuelve a asentir, simplemente.

—Si quieres —Jorge bromea, por probar si lo sigue—, le digo que te monte un baile erótico como despedida de soltero.

—Mejor no —contesta serio.

—¿Lo rechazarías?

—Jorge, no empieces, que nos conocemos…

—En serio, tío, solo es una pregunta. ¿Lo rechazarías? Sí o no.

—Dudo que Cris desee dedicarme ningún baile…

—Esta noche lo comprobamos, pero haremos un pacto.

—Tus pactos me dan miedo, Jorge.

—Si te busca, te ruego que no la rechaces; eso la destrozaría.

Edu suspira profundamente, ladea la cabeza y mira por la ventana. La chica del bañador blanco ya no está y su hamaca la ocupa un hombre mayor con el vientre abultado.

—Me voy a casar, Jorge... ¿No lo entiendes?

—Solo te lo pido, no es que vaya a pasar nada. Es más, no creo que vaya a pasar, pero por nuestra amistad te ruego que, si ocurriera, si en un hi-po-té-ti-co —deletrea despacio— caso ella te buscara, no la rechaces.

—Creo que es mejor que no acepte tu invitación a cenar.

—Eso es peor, Edu, ¿y qué le cuento? ¿Que te casas y que ni siquiera te has planteado ir a verla? ¿Quieres que le diga esto? ¡Joder, Edu! Te la tiraste hace diez años y tres meses, después te fuiste a Alemania sin decirle nada... ¿En serio quieres dejarlo así?

—De acuerdo, de acuerdo, tienes razón... ¿A qué hora?

—Vente sobre las nueve y no hace falta que traigas nada.

—¿Voy a conocer a tu hijo?

—No, está con mis padres, pero antes de que te vayas te lo presentaré.

—Siempre me metes en líos, Jorge... Hay cosas que no cambian.

—No es para tanto, Edu..., como mucho será un polvo.

6

Edu y Jorge solían ir a beber cervezas al Quiosco de San Telmo, un café legendario de la capital canaria con aspecto colonial y aire clásico. Una fachada azul turquesa y techo acabado en cúpula, el ancho jardín con palmeras y la terraza, con la brisa marina que, remolona, refrescaba las tertulias; la solera, ese espíritu que trasladaba al cliente a otra época, creaba ese ambiente especial que siempre buscaban para sus charlas.

Jorge necesitaba más que nunca esa atmósfera para abordar lo que llevaba meses alborotando su vida cotidiana, ese trío de fantasía que alimentaba su cama desde aquel día en Baqueira. Jorge usaba su comodín, consciente de que tarde o temprano necesitaría dar el paso y jugárselo a todo o nada, porque, desde el momento en que Cris se había creído totalmente que Edu se la quería tirar, llegarían otras situaciones como las del club de Viella, donde los tres estarían solos. No era tan raro que se diera esa circunstancia, pues Edu solía pasarse por su casa sin avisar...

Y a Jorge se le ponían los pelos de punta solo de imaginar que quizá Cris, en cualquiera de esos trances, puesto que se creía todo lo relacionado con Edu, tomase la iniciativa y lo buscase o los buscase a los dos. Hablar de ese trío era algo que ya se había instalado en su cama; ambos aceptaban sin pactarlo que era vital para prender su fuego. Desde la noche en Baqueira, ella manifestaba sin tapujos su enorme deseo de consumarlo, cada vez más confiada, cada vez más sincera. Tanto que ya le había pedido en tres ocasiones que organizara una cena en casa con Edu y que pasara lo que tuviese que pasar. Tres ocasiones en las que Jorge se inventó tres excusas de última hora. Siempre a última hora, una vez incluso ya con la mesa puesta para aprovechar el impacto de aquella historia y disfrutar de esa obra de arte que era el cuerpo de su mujer.

Pero ¿qué haría si, como tantas veces había ocurrido, Edu se presentaba en casa? ¿Qué pasaría si Cris cogía el toro por los cuernos y se le insinuaba? Jorge no podía dormir. ¿Y si se encontraban por la capital? «Hola, hoy he visto a Edu en la cola del súper, o paseando por San Roque, o en un restaurante…». ¿Qué ocurriría si se topaba con él con Cris viviendo de su mentira? «Hola, Edu, oye, fue una lástima que no pudieras venir a cenar la otra noche, con las ganas que tengo de follaros a los dos». ¿Y si se le ocurría mandarle un wasap? Jorge no recordaba si ella tenía su número, pero tampoco hubiese sido raro. ¿Y si se ponía directamente en contacto con él? No, Jorge no podía convivir más con esa agonía, su mentira era un tumor que crecía exponencialmente hacia una metástasis terminal. Por eso habían quedado en San Telmo, para extirparlo.

Jorge llegó a la cita casi media hora antes, se pidió una jarra de cerveza y unas papas arrugás. Necesitaba empaparse en alcohol para atacar la cuestión y confesarle a su mejor amigo que Cristina se moría de ganas de follar con él. Quería sonsacarle si detrás de esas miradas que él siempre le lanzaba a su mujer existía el mismo deseo. Apenas había dado dos tragos a la cerveza y ya oyó, a su espalda, el divertido acento mezcla de canario y alemán de su amigo.

—¿No habíamos quedado a y media?

Jorge se dio la vuelta y le dedicó una sonrisa franca.

—Así es… ¿Por qué vienes tan temprano?

—Porque te conozco y me imaginaba que ya estarías aquí, siempre llegas antes a los sitios, eres un culo inquieto, Jorge. No sé cómo te soporta Cris.

Edu ya había rodeado la mesa para ocupar la silla de enfrente. Dirigió un gesto al camarero que montaba guardia en la terraza y se sentó. Un rayo de sol cegó su mirada, achinó los ojos, se palpó el bolsillo de su camisa Lacoste blanca, sacó sus Ray-Ban de cristales azul violeta y se las puso. Jorge se dio cuenta de que así sus labios carnosos resaltaban más y se imaginó a Cris besándolos. Una corriente eléctrica lo sacudió.

—Me tienes intrigado, Jorge, muy intrigado.

Él se recostó contra el almohadón del respaldo de la silla metálica, inspiró profundamente y, al ver que se acercaba el camarero, bebió lo suficiente de su jarra como para pedir otra.

—Lo mismo que el caballero, papas y jarra —le indicó Edu.

—Y para mí otra, si es tan amable —añadió Jorge mostrándole su cerveza casi vacía.

El empleado, de bronceado canario y sonrisa blanca, asintió y se retiró a por el pedido.

—¿Y bien?

Jorge notó que su amigo estaba realmente intrigado por la llamada que había recibido a primera hora de la mañana. Lo conocía bien. Sabía que estaba deseando saber qué era eso de lo que tenían que hablar y que no podía contarle por teléfono.

—¿Cómo van esos currículos que estás dejando por las farmacias?

Jorge necesitaba dar vueltas antes de llegar al destino, perderse por el paisaje, por las calles y las travesías. Edu, recién licenciado en Farmacia, estaba buscando curro en la isla, básicamente porque montar una farmacia era relativamente más complicado que poner un bar.

—No me digas que me has encontrado trabajo, Jorge.

—No, no, no es eso…

Jorge evitó mirarle los labios y aprovechó para atacar una de las últimas papas que quedaban en el plato. En ese mismo instante llegó el camarero, le retiró la cerveza, de la que solo quedaban un par de dedos de espuma, la bandeja de las papas arrugás vacía y manchada por el verde de la salsa, y en su lugar dejó otra nueva y dos jarras con el cristal escarchado.

—A lo mejor te apetecía otra tapa —recapacitó en ese instante Edu.

—No, qué va…, ya sabes que soy capaz de comerme un plato tras otro de papas…

—Pero es que tú, Jorge, eres capaz de comerte un plato tras otro de cualquier cosa…

—¿Me estás llamando zampabollos?

—Me lo vas a negar…

—No, pero me da igual repetir, y si quieres ya podemos pedir otra ración, que esta tapa nos la vamos a terminar rápido…

—Ya casi mejor unos pinchos de tortilla, ¿no?

—Tú estás frente al camarero, que parece moñas y seguro que le gustas; hazle un gesto para que se acerque. Seguro que nos invita.

—Qué bruto eres.

—Ya sabes que hablo en broma…

—Pero cualquiera que no te conociera pensaría que estás lleno de prejuicios…

—Sabes que no es así… Soy una persona tan moderna que hasta dejaría que te tiraras a mi mujer.

Ya estaba, lo había soltado entre carcajadas. Edu mantenía el brazo en alto para llamar de nuevo al camarero y no dejaba de reírse. Jorge pensó que ya solamente era cuestión de surfear esa ola.

—¿Te gustaría?

—¿El qué?

El camarero, ya en la mesa, tomaba nota de los pinchos de tortilla y de unos nachos con guacamole, y su presencia amenazaba con echar a perder todo lo que ya estaba sembrado. Por eso no tardó ni un segundo en atacar el asunto en cuanto el muchacho se fue a por la comanda.

—Tirarte a Cris, si te gustaría.

—¿Tú crees que existe algún hombre hetero en la faz de la tierra que no deseara tirarse a tu mujer?

—O sea, que sí.

—¿A qué viene esto, Jorge?

—Verás, es que me he metido en un lío.

Jorge observó cómo la camisa blanca de su amigo se le iba pegando al cuerpo por el sudor. Sabía que Edu estaría dándole vueltas a qué le iba a soltar y que ya se habría dado cuenta, además, de que estaban aterrizando de lleno en el motivo del encuentro. Ni en el más retorcido de los augurios se habría imaginado que eso de lo que tenían que hablar cara a cara tuviese que ver con si le gustaría o no tirarse a Cristina. Él no tenía ninguna duda de que a Edu no le importaría. Cómo no le iba a gustar la mirada intensa que siempre clavaba Cristina, con esa silueta, los escotes, las minifaldas y ese trasero del que era imposible despegar los ojos. Ese trasero con las nalgas redondeadas y comprimidas en dos esferas perfectas. No le pasó desapercibido que Edu estaba incómodo, quizá pensaba que él era consciente de todo eso y que lo había llamado para reprocharle que fuese incapaz de dejar de mirar a Cristina. Con solo echar un vistazo a su amigo supo que algo así le estaba pasando por la cabeza.

—Siento mucho si alguna vez yo…

Pero Jorge, con la palma de la mano y el brazo extendido, como un policía en señal de stop, detuvo en el acto su discurso.

—Ella también te desea, Edu.

—Yo no he dicho que la deseara… —Edu interrumpió su frase porque respondiendo a bote pronto no había acabado de analizar la frase—. ¿Cómo que me desea? —dijo sacudiendo la cabeza como un púgil después de recibir un croché.

—Que Cristina te desea, Edu, que está loca por acostarse contigo…, bueno, contigo y conmigo.

Edu, atolondrado, como si despertara de una anestesia, se peinó con los dedos el pelo rubio, se quitó las gafas y clavó sus ojos azulados en su amigo como si lo analizara atentamente.

—No entiendo nada de lo que me estás diciendo.

Edu lo resumió lo mejor que pudo, pero ante el rostro tenso de su camarada evitó preguntarle si aquello era una broma, porque sabía que no lo era.

—No sé por dónde empezar… Verás, ya hace mucho que me he dado cuenta de que tú le pones…

—¿Cómo?

Edu era incapaz de dejarle hablar sin interrupciones, ese diálogo era el más abstracto y surrealista al que se habían enfrentado jamás. Una auténtica tormenta de disparates.

—Que le pones, Edu, que le pones… Veo cómo te mira, cómo te busca, cómo intenta rozar tu cuerpo con el suyo y, sobre todo, sé cómo se pone en la cama conmigo después de haber estado contigo, de haberte visto…

—Estás paranoico, Jorge, todo eso te lo imaginas…

—No, no estoy paranoico, para nada… Ella siempre es fría conmigo en la cama, nunca me busca y, si lo hago yo, solo encuentro un cuerpo que se deja porque toca dejarse. Se comporta como una mujer que tiene prisa por llegar al final, nada más… En cambio, después de haber estado contigo, es otra Cris, otra mujer… Tú la enciendes, y lo que encuentro en la cama después no tiene nada que ver con a lo que habitualmente tengo que enfrentarme cuando no ha estado contigo.

—Sigo sin entender nada.

—Ella me lo confesó en Baqueira…, ¿recuerdas? —Edu asintió, parecía ansioso por saber adónde los llevaba todo aquello—. Que te deseaba tanto que si hubieses entrado a nuestra habitación te hubiese follado sin pensárselo dos veces, que nos hubiese follado a los dos... Estaba como poseída, como loca, tanto que me pidió que te mandara un wasap y que te lo sugiriera.

Jorge disparó otra mentira sin darse cuenta de que lo mejor que podía hacer era callarse la boca y evitar que la bola siguiera creciendo; se trataba de detenerla y poder respirar, no de hacerla más grande. En realidad, lo que quería era contárselo todo, confesarle la verdad y no una mentira tras otra. Lo que estaba haciendo era demencial, lo sabía, pero de la misma forma que un toxicómano es incapaz de dejar de colocarse, él no podía parar. Mentía a su mujer con la presunta confesión de que Edu estaba obsesionado con ella, inventándose escenas como que había dejado a Marta porque no conseguía dejar de pensar en Cris, y ahora hacía lo mismo con Edu al mentirle. Le estaba diciendo que Cristina le había pedido que lo llamara esa noche en Baquira para podérselo tirar. Aquello parecía de locos y lo peor era que no conseguía parar.

La realidad es que Cris solo le había soltado un triste «sí», nada más. ¿Por qué no lo contaba todo tal y como realmente había sucedido? ¿Por qué no le explicaba que esa mentira se le estaba escapando de las manos con su esposa? ¿Por qué no le confesaba la angustia que le suponía que Cris estuviese tan dispuesta a montar el trío que incluso había tenido que inventarse diferentes excusas para suspender tres cenas donde pretendían proponérselo?

—Yo la detuve —continuó mintiendo— porque no sabía cómo reaccionarías tú. Me costó pararla, incluso hubo un momento en que creí que sería ella la que llamaría a tu habitación...

—Joder, Jorge, joder...

—Este es el lío en el que me he metido, Edu, que mi mujer se muere de ganas de hacer un trío contigo.

—¿Y tú?

—A mí no me importa; es más, me excita la idea… Ya te he contado en más de una ocasión mis extravagancias sexuales…

—Ya… ¿Sigues viendo a Ka?

Edu, que se había vuelto a poner las Ray-Ban, ya no lo miraba a los ojos y le hablaba cauto, intranquilo. Jorge insinuó una socarrona sonrisa y asintió. Se dio cuenta enseguida de que su mejor amigo no iba a preguntarle más sobre eso y de que volvería al tema que los ocupaba, pero esa pregunta le servía para saber que lo de Ka y sus excentricidades sexuales formaban parte de lo mismo, como eso tan raro de ponerse cachondo si una mujer lo humillaba.

—¿Y no te pondrías celoso?

—No lo sé… Creo que no, piensa que eres el recurso para excitarla… Ya es como si te la tiraras…

—No es lo mismo, si lo hiciéramos de verdad lo verías con tus propios ojos… No sería fruto de la imaginación.

—Repito, ¿te gustaría?

—¿Me lo estás proponiendo en serio?

—Por eso estamos aquí; la verdad es que ya hemos organizado tres cenas contigo para esto, pero nunca me he atrevido a pedírtelo…

—¿Lo estás haciendo? ¿Me lo pides?

Notaba que Edu ya no controlaba sus palabras. La confusión le abrumaba el cerebro y seguía sin entender nada, no sabía si jugaban o si hablaban de verdad. Si estaban realmente discutiendo, como aquel que planea un fin de semana en la península, sobre tirarse entre los dos a su mujer. Cada vez estaba más seguro de que Edu estaba loco por ella, porque Cris era seductora, no solo estaba buena…; era seductora por naturaleza, una especie de volcán de lascivia en constante erupción. Todo en ella invitaba al sexo: su tono de voz, las miradas, la forma de andar, los gestos, la manera de vestir, los suspiros… Claro que Edu deseaba tirársela. Lo que no lograba adivinar era si le apetecía hacer un trío de verdad; si le incomodaría o no que los dos fuesen a estar totalmente desnudos, frente a frente.

—Sí, te lo pido… Ven a cenar esta noche a casa y, si la magia surge, dejemos que nos atrape.

—No lo sé. —Edu resopló tres veces seguidas—. No lo sé, no lo sé…

—Ven a cenar y ya veremos…

7

Cris se contempla delante del espejo ovalado del vestidor. Lleva un sujetador negro sin aros y un tanga a juego, de encaje. El tanga es de corte alto, por encima de las caderas, atrevido, quizá demasiado. Muestra perfectamente el contorno de las piernas en forma de uve desde las caderas hasta las rodillas. No puede evitar rememorar la cara de bobo de Jorge cada vez que la mira con un conjunto de lencería como ese. Siempre le dice que es la mujer con las piernas más bonitas del mundo y ella piensa, engreída, que puede que tenga razón. Tiene unas piernas preciosas que exhibe a menudo en Instagram para aumentar el número de seguidores. Jorge la anima a hacerlo.

Ella no es que tenga una cuenta de *influencer*, sino una abierta donde publica fotos de los viajes, de las cenas, de su vida en general y de sus piernas… Siempre las enseña de manera sutil: saliendo de la piscina, mostrando un vestido nuevo, al volante del Aston Martin, tomando el sol… Inmediatamente se disparan los comentarios, los mensajes directos, y gana siempre unos cuantos seguidores más. A ella le importa un comino tener unos cuantos seguidores más, porque expone sus piernas, su cuerpo y su mirada para él. Solo para él. No la sigue, pero está convencida de que la espía. Ese es el único motivo por el que no ha configurado su cuenta como privada. Edu tampoco lo ha hecho y Cris nunca ha dudado de que si deja la puerta abierta es para invitarla a entrar. Se siguen, día a día, pero a escondidas, como *voyeurs*.

A Edu las cosas le van bien, todo un ejecutivo en Bayer, pero nunca alardea de su vida privada en las redes sociales. De sus logros se entera gracias al señor Google; en cambio su Instagram es un álbum precioso de fotos de paisajes y solo muy de vez en cuando asoma su mirada azulada y sus labios carnosos. Cris lee las dedicatorias invisibles que le envía en cada imagen y en los mensajes. El subtexto oculto… Ella hace lo mismo, y así, de esa forma tácita, se provocan. Las fotografías que le manda a través de Jorge son otra cosa, un juego diferente que consiste en un mensaje en el cual se insinúa y le escupe todo lo que se ha perdido por idiota. Un mensaje que lo reta por cobarde y por mantener su relación usando a Jorge de celestina.

Diez años desde la última vez, diez años en los que ha sido incapaz de mandarle un simple mensaje. Nada, ni una llamada, ni un *email*, ni un «hola» por privado, ni un simple contacto. Pero no, Edu es tan cobarde que solo logra decirle por medio de su marido que la desea, que no deja de pensar en ella, que es incapaz de estar con otra por su culpa.

Cris no sabe si odia o ama a Edu. Siente que no puede desengancharse de él. Que, aunque se los mande a través de Jorge, espera sus mensajes como un elixir que necesita para ser feliz; que, aunque sea de esa manera tan abstracta y anormal, precisa que Edu esté presente en su vida porque si no se dejaría morir. Que, cuando consigue verlo en Instagram o en el álbum de imágenes del señor Google, nota ese cosquilleo entre las piernas que solo le provoca él. Y reconoce que lo suyo es inevitable, su asignatura pendiente, su deseo más oculto; por todo eso, decide ponerse ese conjunto tan atrevido de sostén y tanga negro, casi convencida de que se lo quitará él.

Sabe que no tiene remedio, que es incapaz de decirle que no y que lo seducirá por más que lo odie por haberla dejado tirada diez años atrás. No, no se merece acostarse con ella, ni el placer de darse cuenta de que lo ha estado esperando todo ese tiempo y lo habría esperado todo el que hiciera falta; no, no se merece el gustazo de saber que siempre la tendrá cuando él quiera, que la tiene atrapada, loca y excitada.

Cris da la espalda al espejo, suspira, atraviesa el vestidor y se sienta al borde de la cama. Se le han mojado las bragas y en un gesto de desesperación se lleva las manos a la cara. No, por más que se lo plantee no puede luchar contra su instinto. Edu la tiene completamente dominada de la misma manera que Jorge se postra a sus pies. No, por más que intente hacerse la dura, sabe que esa química que los atrae barrerá todos los prejuicios nada más se miren. ¡Si solo ha pensado en él y ya ha mojado el tanga! Lamenta su fragilidad, vuelve a desesperarse, se excita un poco más y se ilusiona porque en unas pocas horas volverá a caer rendida entre sus brazos como diez años atrás.

Mientras, Jorge pone la mesa con un nudo en el estómago. Al menos tiene la palabra, o algo parecido por parte de Edu, de que si ella le busca no se negará. Pero ¿y si con el calor de las copas y el deseo Cristina habla de lo demás? ¿De esas fotos que presuntamente Edu le pide a él desde Alemania? ¿De los wasaps donde le confiesa a Jorge que la desea y no puede olvidarse de su mujer? ¿Por qué no se lo ha contado todo cuando aún estaba a tiempo? Si Cris habla más de la cuenta se descubrirá su gran farsa y se habrá acabado todo, incluso su matrimonio. Pero sus agobios no terminan aquí. ¿Y lo de la boda? ¿Se lo cuenta o se espera a que lo haga Edu? ¿Cómo se lo va a tomar? ¿Cómo le sentará que el hombre que se cree incapaz de estar con ninguna otra mujer porque está obsesionado con ella vaya a casarse con otra?

Un taconeo bajando las escaleras distrae sus demonios y, deseoso de descubrir qué se ha puesto su mujer para la ocasión, cruza el comedor, pasa por delante de la bodega y se planta en el rellano para contemplar cómo desciende. Cris ha optado por unos tejanos ajustados de cintura alta y un top rosa sin mangas, de canalé y cuello redondeado, metido por dentro de los pantalones.

—¿Con tejanos? —Jorge la espera junto al último peldaño, decepcionado.

—No empieces…

Cris pasa por su lado sin pararse, se acerca a la mesa y vuelve a colocar los cubiertos, como si esos centímetros de más resultaran cruciales. Jorge sigue mirándola. Cris está seductora con unos botines Jimmy Choo de medio tacón, color visón, y esos vaqueros que resaltan su contorno y su trasero. Ella está increíble se ponga lo que se ponga, pero en ese tipo de juego las reglas exigen faldas.

—No te digo que te pongas una mini de esas con las que solo con sentarte lo enseñas todo, pero, no sé, es Edu, es nuestra fantasía y esperaba que, al menos, no sé…

—¡Qué esperabas, Jorge! ¿Que me vistiera como una puta?

Él sabe por costumbre que cuando ella adopta ese tono no hay nada que hacer, que es mejor dejarla. Por eso abre la bodega, elige un vino, un priorat reserva de Scala Dei, lo descorcha y se sirve una copa en la mesita de la cocina para calmarse.

—¿Vas a servir un vino ya descorchado?

Jorge suelta un suspiro de fastidio y su pulso aumenta bajo tanta presión. Se concentra para calmarse y le contesta:

—Cris, Edu es como de casa, no le importará encontrarse el vino descorchado, pero, si lo prefieres, lo aparto y cuando llegue ya abro otro.

Ella, sin mirarlo ni contestarle, pasa por detrás de él para preparar los aperitivos, o mejor dicho presentarlos. Triángulos de tortilla de patatas que cocinó a primera hora de la tarde, jamón ibérico, chorizo ibérico, tostadas y paté. El plato principal, un pato con peras, se está dorando en el horno. Jorge se levanta del taburete para revisarlo, abre la puerta y una nube de vapor perfuma la cocina al instante.

—Mmm... ¡Cómo huele!

—¿A qué hora va a llegar?

Jorge se da cuenta de que su mujer lo pregunta sin levantar la mirada, tensa, nerviosa, agobiada, mientras compone como una posesa el puzle de aperitivos en una bandeja. Por eso se acerca por detrás, la coge de la cintura, la aprieta contra él, la besa en la base del cuello y le susurra:

—No ocurrirá nada que no desees que pase, estate tranquila... Además, Edu ha cambiado mucho, está calvo y muy delgado y lo mismo ya ni te gusta...

Cris sabe perfectamente que Edu ya no luce el pelo rubio. Obsesiva, frecuentemente revisa sus redes y sus fotos, fotos que guarda en un archivo secreto. Lleva diez años haciéndolo. Desde que él aterrizó en Stuttgart y se cambió de compañía de teléfono y de número por uno alemán. Primero lo buscaba con la idea de despacharse a gusto y soltarle todo lo que pensaba de él, para desfogarse, para gritarle que ella no se merecía que huyera de esa forma y sin decirle adiós. Fue al darse cuenta de que era incapaz de hacerlo, de que no podía retirarlo de su vida, de que Edu era inevitable, cuando empezó a coleccionar sus fotos para comérselas a besos en las tardes tristes.

—¿Calvo? —dice ella, haciéndose la sorprendida.

—Sí, calvísimo, y tan delgado que parece recién salido de Mauthausen.

—No será para tanto...

Cris sabe que no, que no es para tanto, que Edu no está delgado, que está bueno, muy bueno, pura mantequilla para devorar derretida sobre una rebanada de pan. Recuerda una de sus últimas fotografías en la Costa Brava catalana con bañador y una pose torera, con las manos en la cintura, en jarra. El abdomen terso y liso, los hombros estrechos pero cuadrados, el pecho sin una ligera sombra de vello dejando al descubierto la sedosa piel de un bebé, dos diminutos rubíes por pezones, los brazos firmes y fibrosos, esa sonrisa llena de divertidas arrugas, la perilla canosa y todo él tan blanco… Y esos ojos azules, sus ojos, que siempre que los contempla la bañan y la inundan, y los labios tan gruesos, tan rosados, tan hechos para besar. No; para Cris, Edu no parece recién salido de un campo de concentración, sino de un cuento de hadas. Es un príncipe azul que, bajo ese nuevo aspecto, con la cabeza afeitada, le regala una pose mafiosa que la ruboriza y la pone mala.

Pero justo en ese momento, cuando ella recuerda con cara de boba y sin darse cuenta esa última foto de Edu, Jorge, como un sabueso, como hace siempre, aunque ella no comparta su instinto o su fino oído, levanta un brazo apuntando con el índice al techo.

—Ya está aquí.

Entonces dispara de repente todas sus urgencias y miedos.

Y sí, Cris presta atención y le llega, perfectamente y claro, el ralentí de un vehículo que maniobra por la parte externa del muro.

—¿Lleva coche? ¿Viene en taxi? —Cris lo pregunta para disimular que tiembla y no lo puede evitar.

Un vértigo crece poderoso e invisible desde su interior y la sacude como si una tormenta emergiera de su estómago.

—No tengo ni idea, no se lo pregunté…

El interfono suena y necesita apoyarse en la mesa porque se desata en su interior una marea brava. El corazón se le desboca y nota los latidos por todo el cuerpo. En la garganta, en la sien, en el vientre, en las muñecas. Es una sensación tan sobrecogedora y repentina que la deja sin capacidad de reacción, sin aliento.

Su marido se dirige al recibidor, lo oye contestar al telefonillo y se queda ahí esperando. Unos segundos después, unos pasos, el sonido de un abrazo, unas carcajadas, el azul de esos ojos y esos labios carnosos que le sonríen y se le acercan.

—Cris…, cuánto tiempo.

8

Diez años atrás la mesa estaba puesta con un toque más adolescente. Cristina todavía no se había aficionado a la cocina y ellos eran demasiado jóvenes para despertar su faceta de *gourmets*, aunque prometían maneras. Patatas chips, aceitunas rellenas, longaniza a rodajas, chorizo frito, taquitos de queso y de jamón del bueno, tortilla de patatas y una empanada gallega. Cervezas y champán. Todo en abundancia.

Cristina se había vestido seductora y sin ningún tipo de tabú. Una blusa rosa de cuello de pico convenientemente desabrochada por donde asomaban sus pechos, una falda gris de algodón ceñida y corta y unas sandalias de medio tacón que dejaban al descubierto los dedos de los pies con las uñas rojas y esmaltadas. Jorge, cuando la vio bajar por las escaleras, se arrodilló de un impulso sobre el último peldaño y le besó los pies, hipnotizado.

—Soy completamente tuyo —le confesó con la cabeza gacha.

—Lo sé —respondió soberbia.

Entonces Jorge se levantó y a pocos centímetros de sus labios, ligeramente brillantes del *gloss*, sacudió la cabeza y soltó en un suspiro la rabiosa excitación que le crecía por dentro.

—No me acabo de creer que en breve dejes de ser solo mía.

—Veremos lo que pasa, Jorge, no vamos a forzar nada… Me lo prometiste.

Habían pactado que la cena transcurriría bajo el mismo guion de una cualquiera, que en ningún momento se sacaría el tema y que, si tenía que pasar algo, pasaría de manera espontánea. Que ni mu de lo del trío cuando charlaran alrededor en la mesa o se rompería el encanto. Ya llegaría si tenía que llegar. Mejor que fuese durante las copas en el salón. Que todo estaría en manos de ella, que solo ella decidiría y que si estaba demasiado nerviosa, tensa o con miedo, no pasaría nada. Se acabarían las copas, brindarían por su amistad y Edu se iría a su casa, como siempre. Que ella decidiría y que si no podía soportar más la mirada azul de Edu o esos labios carnosos que se insinuaban en cada sonrisa, entonces sí que tomaría las riendas.

—¡Ya está aquí! —avisó Jorge con el dedo apuntando el techo.

Cris no comprendía ese instinto de su marido, como si fuera un perro. Ella no oía ni el rugido del motor de quien fuera que llegara y él ya se adelantaba, con esa sonrisa chulesca de los que presumen de sus habilidades. Supervisó rápidamente la mesa, más para aliviar su tensión que por el temor de haberse olvidado de algo, respiró y al hacerlo Jorge aprovechó para mirarle el contorno de los senos, altos, redondos y tan arrogantes como la chulería que él mostraba cuando anunciaba que ya llegaban los invitados. Luego usó el mismo tono de un capitán de equipo que anima a los suyos:

—Bueno…, vamos a recibirle.

Edu sostenía una botella de vino. Se había puesto una camisa blanca que le hacía más pálido todavía, unos tejanos azules nuevos, a juego con sus ojos, y unas bambas también blancas. Después les regaló una sonrisa, la de las arrugas que tanto divertía a Cris, esa que la dejaba derretida.

—No hacía falta que trajeras nada —le recriminó Jorge cogiéndole la botella como un atleta cuando recibe el testigo en una carrera de relevos.

Cris notó que se le disparaba el pulso cuando él la volvió a mirar como el día que los presentaron y tuvo muy claro que no había nada que hacer, que era imposible resistirse y que se lo iba a tirar. Sabía que el escenario no era el paisaje de sus sueños, pero no dejaría pasar la ocasión para averiguar por fin el sabor de sus besos.

Edu tragó el mismo aire que ella exhaló al acercarse para besarlo. Cris intuía que era para respirarla y sintió el deseo de él de hacer lo mismo con todo su cuerpo. Él se fijó en sus pechos unos instantes antes de abrazarla; después le ofreció las mejillas, como de costumbre, para notar el contacto de sus labios y sentir un nuevo escalofrío. Ella estaba segura de que eso era lo que ocurría cada vez que lo besaba, lo rozaba y lo inhalaba.

Jorge lo observó todo y se dio cuenta de que no era el típico intercambio de besos entre amigos. Vio el brillo reflejado en la cara de su esposa cuando se separaron y se miraron y fue consciente de que estaba a punto de precipitarse todo antes de lo acordado. Los tres pensaron lo mismo y esa idea circuló por el ambiente durante unos segundos tensos y largos.

—¿Vamos dentro? —sugirió Jorge, consciente de que había que hacer algo.

Cristina se había quedado como alelada, sin fuerzas ni voluntad. Se asustó de ella misma porque pensó que la iban a asaltar las dudas, incluso que sería incapaz de pasar de la fantasía y que esa noche podría acostarse satisfecha de ser una chica normal y decente. Pero estaba tan equivocada... Sus dilemas morales llevaban un tiempo —desde Baqueira— enfrentados. Estaba loca por Edu y no dejaba de preguntarse si era amoral al vivir con otro, al estar casada con quien resultaba ser el mejor amigo del objeto de su deseo.

Pero ¿y si era él quien la animaba a hacerlo? ¿Entonces qué? ¿Y si la química que sentía con Edu sustituía a la que nunca había existido con Jorge y gracias a todo aquello salía beneficiado su matrimonio? Eran excusas, lo sabía, excusas que obsesivamente buscaba para convencerse y darse la razón y el gustazo. Cuando tenía a Edu delante, Cris perdía el raciocinio y siempre le ganaba la locura. Por eso se quedó en el vestíbulo cuando ellos se dirigieron al pasillo, cavilando si no era mejor idea aprovechar ese momento que acababa de vivir con Edu para acercarse a él, cogerle de la mano, llevarlo hacia el sofá, sentarse encima y devorarlo con la misma urgencia que a un helado de fresa y nata antes de que se derrita.

Oía sus voces y sus risas a pocos metros de distancia y no se lo pensó dos veces. Allí estaban, ya en el comedor; Jorge abría la puerta de la nevera mientras preguntaba a su amigo si quería una cerveza y Edu bromeaba diciéndole que cuándo había rechazado él una birra. Caminó decidida hacia ellos, Edu se giró al oírla, sonrió y ella le cogió de la mano y, rehuyéndole los ojos, le dijo: «Ven». Cris no pudo evitar una mirada perdida, como si estuviese loca o poseída. Jorge, al lado de la nevera, se quedó con los dos botellines de San Miguel en las manos, absorto y sin acabarse de creer lo que estaba a punto de pasar. Ella arrastró a Edu al sofá, se subió la falda hasta la cintura para poder abrir las piernas, se sentó encima de él, le rodeó la nuca con las manos y lo besó sin pronunciar ni una palabra más.

Jorge dejó las cervezas sobre la mesa y se acercó hasta donde estaban. De pie, a un par de metros de distancia, contemplaba cómo se morreaban sin descanso.

Sentía un ejército de polillas zumbando en su estómago y haciéndole cosquillas mientras las cabezas de Cris y Edu buscaban encajar de la mejor manera posible al ritmo de sus besos. Las manos de Edu, colocadas en la cintura de Cris, justo ahí donde se le amontonaba la falda, no se atrevían a hacer nada. Solo después de un intenso morreo, que parecía el fin de una sequía de años, recorrieron los muslos de Cristina. Primero con timidez y cautela, por los flancos hasta las rodillas. Poco después, sin despegarse de ese beso que parecía el más largo del mundo, se atrevió a acariciarle las nalgas. Entonces Cristina lo ayudó levantando el trasero un poco para que pudiera atraparlas. Luego le desabrochó la camisa blanca con parsimonia, posó las palmas de las manos en el pecho esbelto, desnudo y blanco de Edu, se lo acarició y siguió morreándose con él como si no pudiera creerse que por fin su fantasía se hubiera hecho realidad. Que esos labios carnosos que tanto había deseado fueran suyos.

Edu le sobaba el trasero ya sin miedo y ella aceleraba la cabalgada, frotándose como si se lo estuviera tirando por encima de los tejanos. Ya les salían los primeros gemidos casi mudos, ahogados por el beso sin fin. Pero Jorge los presintió como cuando alguien maniobraba fuera con su coche, notó el placer que los inundaba. Un rayo de envidia le atravesó de lleno al ser consciente de que Edu estaba consiguiendo el beso más largo, el gemido más sincero y una caricia en el pecho que él nunca había disfrutado de su mujer. Pero la situación le excitaba tanto que ni los más terribles celos sofocaron el recreo. Cris lo estaba humillando como nunca nadie lo había humillado, ni siquiera Ka. Y así, humillado, vejado al contemplar que en brazos de Edu su mujer era otra completamente diferente, se arrastró hasta el sofá sin ánimo de intervenir, solo de dejarse humillar más y más, como un perrito dócil y faldero arrodillado al lado de su ama sin molestarla.

Edu ni se acordaba de Jorge, atrapado en una explosión de pasión que lo absorbía todo. A Cristina le pasaba lo mismo. Cuando por fin separaron las bocas muchos minutos después y se miraron, se rieron. El brillo en los ojos de ambos los cegó por completo e ignoraron a Jorge, que, arrodillado junto al sofá, era testigo de todo. Y volvieron a besarse aún más apasionadamente después de esa mirada con la que se acababan de retar. Ahora era Edu quien le desabrochaba la camisa y rodeaba su espalda para buscar el cierre del sujetador. Cris interrumpió el beso para dedicarle una sonrisa y ayudarlo con la blusa rosa y el sujetador. Unos instantes después, el fuego prendió de nuevo en sus bocas, como si quisieran repetir el primer beso que los había dejado sin aliento, y los gemidos volvieron a sonar mientras ella no dejaba de realizar movimientos circulares con la cintura y se frotaba apasionada contra Edu.

Cris estaba completamente empapada. Estaba convencida de que había mojado los tejanos de Edu y de que, cuando se levantara, habría dejado una mancha de placer. Sentía cómo una catarata resbalaba por los labios vaginales, un reclamo para que la penetraran ya de una puñetera vez. Estaba tan cerca del orgasmo con ese simple roce que cerró los ojos y apretó los dientes para no aullar antes de tiempo. Sus jadeos dispararon las alarmas y Edu dejó de besarla y la miró. Ella lo presintió, abrió los ojos y volvieron a compartir esa sonrisa que solo nace entre dos personas con conexión.

Y entonces fue Cris quien recordó de golpe que no estaban solos y buscó a Jorge. Él la contemplaba desde esa barrera que se había levantado entre ambos, suplicante, de abajo arriba, como los devotos adoran a su Virgen, y ella sonrió orgullosa y altiva desde su altar. Luego se recostó de lado en el sofá, apoyó la cabeza en los cojines de un extremo y con un simple gesto avisó a Jorge de que le tocaba el turno. Él, extasiado, gateó para besarla. Los labios de Cris ardían y sabían a Edu. Pero para él solo eran las sobras que ella le regalaba para no verlo llorar. Lo comprendió de repente cuando su mujer volvió solo unos segundos después a buscar la boca de Edu, que no había parado de tocarla. Jorge sintió que se excitaba de nuevo, cada vez más humillado por su mujer. Aún más cuando ella se tumbó como acababa de hacer para él, pero hacia el otro lado del sofá, y envolvió entre sus piernas a Edu en una especie de posición del misionero. Jorge no se movió de donde Cris lo acababa de dejar con las migajas de un beso y se volvió a arrodillar.

Vio cómo Edu le quitaba las bragas, cómo ella abría tanto como podía las piernas, cómo él hundía la cara entre ellas y cómo su mujer, poco rato después, gritaba y gemía como nunca antes la había oído hacerlo ni de placer ni de terror; vio cómo bailaban sus caderas y se retorcía en unos movimientos primero acompasados, arriba y abajo, luego más bruscos, al ritmo de sus gemidos. Jorge contempló cómo de repente arqueó la espalda como si la acabaran de exorcizar, apretó los puños con rabia, estalló en un alarido como si la degollaran y cerró las piernas con más ímpetu aún, atrapando la cabeza de Edu entre ellas. Luego rio con lágrimas en los ojos y los cerró, jadeando, sofocada, sin respiración. Mansamente fue recuperando el ritmo normal de los latidos, abrió las piernas y los párpados y solo vio el azul del cielo en los ojos de su amante alemán, que la miraba. Se rieron, se sentaron en el sofá y entonces ella palmeó a su lado para que Jorge se subiera.

Él, como el perro fiel que era, movió la colita y corrió contento al lado de su ama, que al instante le rodeó el cuello y lo besó. Jorge llevaba una camiseta de Jack & Jones negra pegada al cuerpo, un cuerpo que, debido a las infinitas dietas con las que se castigaba, apenas mostraba grasa, tan solo la insinuaba. Cris no hizo ademán de quitarle la ropa; simplemente le acarició el bulto que se le revelaba en los vaqueros. Unos *jeans* gastados, casi celestes.

Edu contempló la escena y la expresión de su rostro reflejó que le horrorizaba la idea de que ella desabrochara los pantalones de Jorge y dejara al descubierto la erección, que se apreciaba más que notable a simple vista. Edu no quería ver la polla de su amigo y mucho menos tiesa, por eso se abalanzó sobre los pechos de Cristina para esconderse, le lamió los pezones y ocultó su mirada entre sus senos. Pero ella, al darse cuenta de que Edu se interponía entre ella y Jorge, que volvía a jugar de nuevo y que casi formaban una unidad de tres cuerpos juntos, sintió el azote del deseo. Retiró la boca de la de su marido, le sonrió y le susurró si estaba bien; él se lo confirmó con un gesto. Se sintió liberada y buscó otra vez a Edu. Encontró su lengua a punto, la lamió como si fuese un caramelo y le desabrochó el cinturón. Luego se arrodilló como antes había estado Jorge, le bajó los pantalones y lo dejó en calzoncillos. Unos Calvin Klein amarillos con la cinta negra y las letras de la marca estampadas en blanco marcaban un poderoso paquete sin erección. Antes, cuando se restregaban, lo había notado. Tiró sin pensarlo de los calzoncillos hasta los pies, abrió su boca y se abalanzó sobre el pene con el deseo de que Edu recuperara el vigor.

Edu miró de reojo a Jorge, que contemplaba con expresión de obseso cómo su mujer se la mamaba. Luego cerró los ojos porque quería concentrarse. Cristina rodeaba con su lengua el glande y le daba pequeños lametazos de gata. Le lamía los huevos por delante, luego por detrás y luego otra vez el glande, y se introducía el pene flácido en la boca y lo ensalivaba. Repetía el proceso una y otra vez. Unos minutos después, al ver que no funcionaba, se sentó otra vez encima de Edu y él abrió los ojos. La típica sonrisa cómplice que compartían ya no estaba.

—Lo siento, Cris. —Miró a Jorge que, en silencio, los observaba—. Pero es que con Jorge aquí es más difícil de lo que pensaba... Se me ha cortado el rollo —se sinceró.

Cris se levantó y les mostró la desnudez y la perfección de su cuerpo. El resplandor de su silueta, ese busto con dos grandes y firmes senos, redondos y altos, una marcada cintura que se curvaba hacia los muslos y unas piernas largas y recias. Buscó a Jorge con la mirada y los labios relucientes y calientes.

—No te importa, ¿verdad?

Lo pronunció al mismo tiempo que le daba la mano a Edu para que se levantara y, sin esperar la respuesta de su marido, se dirigió con él hacia el rellano de la escalera. Jorge oyó cuatro pisadas desnudas subiendo peldaños y la puerta del dormitorio al abrirse y cerrarse. Después, solo en el sofá, se masturbó.

9

Edu exhibe su sonrisa de siempre, la de las arrugas, y de esa manera le susurra nervioso:

—Estás muy guapa.

Él va vestido con una camisa blanca por encima de unos *jeans* azul marino. La camisa la lleva abierta, en triángulo, con cuatro botones desabrochados. Todo combina con unas bambas blancas. A pesar de la comodidad del atuendo y de su sencillez, no consigue disimular la tensión que siente.

—Ya ves, algo más vieja, como todos. —Sonríe.

Cristina ha pronunciado estas palabras siendo consciente de que Edu, como ella, no ha borrado ni un solo momento de la otra vez y por eso ha repetido la forma de vestir de hace diez años. Una manera de decirle sin palabras que no puede dejar de pensar en ello.

—Pasa, pasa, no nos quedemos aquí como pasmarotes. —Jorge empuja a su invitado hasta el enorme recibidor, que conduce a la cocina, el comedor y el salón—. ¿Una cerveza?

—Siempre —responde Edu reprimiendo una carcajada y Cris se queda unos pasos atrás viviendo su *déjà vu*.

Si todo fuera como aquella vez, ella se acercaría en ese mismo instante, le cogería de la mano, le diría «Ven» y se lo llevaría al sofá. Pero hay algo que se lo impide y no tiene nada que ver con el deseo. Tampoco interviene la inseguridad del rechazo porque Jorge lleva diez años expresándole las ganas que Edu tiene de volver a acostarse con ella. No, no es por reproche ni por venganza ni por sentirse dolida. Se acaba de dar cuenta de que a Edu y a su sonrisa se les perdona todo y no queda sitio para los reproches. Es por miedo, pero no sabe exactamente a qué.

—¿Te apuntas, Cris? —Jorge, sonriente, le tiende un botellín ya abierto, ella asiente, lo toma y aprovecha para cruzar una mirada con Edu.

—¿Qué tal tu padre?

Se sientan en la isla de la cocina, como en la barra de un bar. Jorge arrastra un taburete y se aparta para formar un triángulo, y, al ver que Cris cruza las piernas, vuelve a maldecir que no lleve falda.

—Bien, animado... Tenía ganas de venir, pero no puede con tantas horas de viaje, sufre una atrofia importante en los huesos.

—Es una lástima.

Cris se percata de repente de que ha adoptado una pose demasiado sexy y descruza las piernas. No se siente cómoda con la situación y para disimular le da un sorbo a la cerveza.

—Es una mierda hacerse mayor —sentencia Jorge.

—¿Y tus viejos?

—De canguros, con Júnior.

—Qué bien os lo montáis, pero, bueno, yo quiero conocerlo antes de irme y, si tengo tiempo, me encantaría visitarlos también a ellos.

—Les haría mucha ilusión. ¿Por qué no quedamos mañana y me acompañas a recogerlo?

—Pues no es mala idea, pero antes tengo que consultar la agenda que me ha preparado Lola.

Cris, que se ha quedado algo apartada de la charla, espera la oportunidad de colar alguna palabra que aparente su frágil normalidad. Pero ¿cómo va a aparentarla si no desea otra cosa que llevárselo a la cama?

—¿Y si nos sentamos a la mesa?

Cris lo pronuncia consciente de que ya ha alterado el orden de las cosas, de que el *déjà vu* se ha difuminado completamente y sus pupilas solo retienen el presente. Que la otra vez ni cenaron y que, cuando bajaron después de hacerse todo el amor que se debían, Jorge estaba con un whisky en el salón y había comido solo. Se levantó, caminó hacia ellos y provocó un momento tenso de miradas inquietas, porque lo que había ocurrido no había sido lo planeado. Edu era totalmente consciente de la situación y no sabía dónde meterse. Nadie se acordaba ya de la cena, aunque, galante y educado, Jorge, buscando una conversación amena imposible de encontrar, le pidió a Edu que comiera algo antes de irse. Hablarle a la cara a alguien que llevaba más de dos horas follándose a tu mujer en tu propia habitación es raro de cojones, así que Jorge lo afrontó como un mero trámite.

Pero eso fue hace diez años; ahora los dos hombres le hacen caso a Cris, se dirigen a la mesa y se sientan.

—No tenías que haberte tomado tantas molestias —le dice Edu contemplando los manjares—, pero es una maravilla que te las hayas tomado. La boca se me hace agua solo con oler esta tortilla o ese jamón…

—Pues espérate al pato —presume, orgulloso, Jorge.

—¿Al pato?

Cris decide aprovechar su momento de gloria para evitar sus miedos.

—Sí, pato con peras. Es una antigua receta catalana que yo he tuneado con un acabado al horno, miel y Cointreau. Le da una textura crujiente aprovechando su propia grasa, y el toque dulzón de la miel y del licor aporta un contrapunto de sabores que me enloquece.

Cris y Edu se han aguantado por primera vez la mirada desde el reencuentro y a ella le gustaría saber qué piensa. En su interior se lo imagina. Y no le gusta. Intuye que desde que la conoció años atrás él se pregunta cómo es posible que esté con un hombre como Jorge. Que piensa que, si hubiese sido un simple jardinero, ni se habría percatado de su presencia. Conoce a Edu y es consciente de que no les reprocha nada, porque además el ritual de seducción cada cual lo lleva a su terreno. ¿Jorge se habría fijado en ella si hubiese sido vulgar? En realidad, Jorge sabe que seduce por ser un Guzmán, Cris siente que es bella y exótica… y en esta ecuación no sabe muy bien qué tiene Edu para seducirla.

—Voy a por el vino, ¿o prefieres champán?

Jorge se da cuenta de que ya han encontrado su espacio y un escalofrío le atraviesa al advertir el brillo en los ojos de Cris.

—El bruto de tu amigo ha descorchado un priorat excelente sin esperarte.

Cris no consigue apartar la mirada de Edu. Le hipnotizan como siempre el azul de sus ojos y esos labios con una sonrisa que la pone especialmente.

—Eso es un delito, Jorge.

—No sufráis, me la bebo solito y ya abro otra… ¿Qué prefieres? ¿Ribera del Duero, rioja, burdeos?

—No seas gilipollas, la que has abierto, el priorat ese.

—¿Lo ves, Cris, lo ves? —celebra Jorge.

Se levanta, se acerca a la barra, toma la botella y se vuelve a sentar.

—Lo que ocurre, Jorge, es que Edu es todo un caballero.

Se miran otra vez y el tiempo se para. El movimiento de las bandejas vuelve a ponerlo en marcha y las copas de vino se van vaciando, aliviando todos los males y los miedos. Entonces Jorge se levanta para descorchar otra botella. Se dirige a la bodega y, una vez allí, lejos del ángulo de visión de su mujer y su amigo, suspira excitado. Su adicción a lo perverso le inquieta, pero también lo llena y lo remueve. No puede ni quiere evitarlo. Que su mujer lo someta y lo domine excita su sexualidad, y lo mismo ocurre cuando vislumbra su lado más salvaje. No existe otra forma de provocarla. Jorge le ha insinuado mil juegos diferentes: clubes de *swingers*, *blizz*, *soft*, mazmorras, gigolós… Nada; el lado salvaje de su mujer pertenece exclusivamente a Edu y eso aún lo humilla más a la vez que lo calienta. Por eso se recrea buscando otro Scala Dei de la misma añada, con el delirio de encontrarlos ya encima del sofá y así poder arrodillarse a los pies de su ama. Pero la ilusión no le dura más que un instante, justo hasta que escucha sus carcajadas desde la mesa.

—No había forma de quitarle el corcho —se excusa con el priorat en la mano antes de servirlo—. ¿De qué os reíais?

Cristina se levanta nada más llegar él, como si todo consistiera en una carrera de relevos. Cruza el salón para dirigirse a la cocina. Jorge espía a Edu y descubre que los ojos de su amigo observan directos el trasero de su esposa. Edu se da cuenta de la pillada, mira a su amigo, se encoge de hombros y se ríen en silencio.

—Cris me estaba contando que Jorge Júnior llama mamá a todas las mujeres que tienen mucho pecho.

—Es un diablo —dice Jorge, y pronuncia las palabras con lascivia en los ojos, pues se da cuenta de que Cris ya ha entrado en el juego.

Él no ve en el comentario la típica chanza de una mami embobada con las travesuras de su niño, sino que sabe que ahí está la mujer fatal que le acaba de recordar a Edu sus grandes y preciosas tetas. «Una maniobra perfecta, Cris», piensa para sus adentros.

—Esto ya está a punto —dice ella, agachada ante del horno y cogiendo la bandeja con las manoplas.

Jorge está tentado de preguntarle si se refiere al pato o a otra cosa. Ella se acerca guardando el equilibrio con la fuente en las manos y Edu, gentil, coloca en el centro el salvamanteles. Cris la deposita encima, levanta la tapa y una nube de aromas se escapa, provocando entre los presentes suspiros de placer.

—Por Dios, Cris, cómo huele esto.

Cris y Edu vuelven a mirarse. No pueden evitar una sonrisa. «Pues ya verás los postres», piensa ella, y es capaz de retener las palabras en su mente, aunque pronto a este pensamiento le sucede otro: el arrepentimiento de no haberse puesto una falda, sobre todo cuando la sobresalta el recuerdo de cómo Edu le acariciaba las piernas en el sofá hace diez años. A su mente vuelve ese tacto cálido que atravesaba su piel y la llenaba de un deseo que aún siente dentro. Ese mismo sofá que ahora los aguarda.

—Espero que te guste.

No dejan de mirarse, ya casi en ese espacio en el que hacen desaparecer a Jorge, y Edu, que se da cuenta, decide recuperarlo, lo mira y le habla directamente a él mientras Cris va sirviendo.

—Eres un machista. Todo lo hace tu mujer.

—¡Eh! Que sepas que no me permiten acercarme a los fogones, y mucho menos servir.

—Es el momento sublime del chef. —Cristina, sin pensarlo, le acaba de guiñar un ojo—. Este es el instante de hacer honor a las horas de elaboración con una presentación acorde al plato. Eso no se puede delegar a cualquiera, Edu, y menos a alguien tan torpe como él.

—Te doy la razón en el tema de la torpeza...

—¡Eh!

—Lo eres, Jorge, y tu amigo lo sabe.

Le vuelve a guiñar un ojo y se sienta. Edu la mira con la boca abierta y se le marcan esas arrugas atractivas en las mejillas. Entonces Jorge se estremece de nuevo de placer ante la nueva humillación de su mujer. Y no hay nada que lo humille más que esa mirada seductora y pícara que le dedica a Edu.

—Está delicioso, Cris... ¡Pero bueno! —Edu teatraliza el momento con el tenedor en alto como mirando al cielo—. No solo eres preciosa, sino una cocinera de primera... ¿Oye? ¿No se te ha ocurrido nunca poner un restaurante?

Cristina sonríe vanidosa, tanto que se ruboriza. La acaba de llamar preciosa y no sabe cuánto tiempo aguantará sentada a su lado sin comérselo. «Que alguien me agarre», piensa. Desea tanto volverle a desabrocharle la camisa blanca, recorrer con la palma de las manos su pecho, su abdomen, sus brazos, sus piernas, su culo, su piel..., toda su piel sin dejarse ni un solo centímetro.

—Tengo otros planes. —Intenta resistirse, hacerse la dura.

Cree que esta noche tiene que atacar Edu. Le toca. Se lo debe. Jorge finge que le importan los proyectos de Cris y los comparte con su amigo.

—Tiene en la cabeza poner un gym exclusivo para mujeres y no es una mala idea, muchas dejan de ir porque se sienten acosadas.

Edu asiente, saborea un pedazo de carne que se derrite en su boca al morderlo, cierra los ojos, gime de placer y habla:

—En Stuttgart hay varios, Silvia se apuntó a uno, pero creo que aún no ha ido... Cuando nos visitéis, puedes acompañarla y te informas. Así os conocéis.

—¿Silvia?

Cris no entiende nada y no se alarma. Busca a Jorge con la mirada, pero Edu se anticipa.

—¿No se lo has dicho?

Cris no sabe todavía por qué, pero se le cierra de golpe el estómago. Coloca los cubiertos paralelos al plato y, nerviosa, espera a que le expliquen quién demonios es la tal Silvia.

—Esperaba que la sorpresa se la dieras tú —se excusa Jorge.

—¿Qué sorpresa? —Apenas consigue disimular ya su miedo.

Parece que Edu no sabe bien cómo reaccionar y decide hacer como con los traumas y los tumores, que, cuanto antes salgan del cuerpo, mejor.

—La conocí en una clínica. Es una chica estupenda; te gustará. —Edu no calibra bien sus palabras ni la necesidad de que a ella le guste Silvia, pero suelta la bomba—. Nos casamos dentro de tres meses, por eso he volado a Las Palmas, os quería invitar en persona.

Jorge, temblando, se levanta de un bote.

—¡Voy a por champán!

Jorge escenifica el momento de una manera teatral y falsa para salir del paso. Cris es incapaz de separar la mirada del plato. Se siente ultrajada y humillada. Sucia y utilizada. En un momento se mezclan en ella una serie de emociones: rabia, tristeza, odio, pena, autocompasión, más rabia, disimulo… Disimulo.

—Es una excelente noticia, Edu, felicidades.

Se levanta de la silla y lo besa. Un beso en cada mejilla. No se detiene a pensar lo que está sintiendo Edu ante ese simple roce: solo es capaz de notar su propio dolor. Jorge regresa con el Moët & Chandon y el corcho sale disparado con un petardazo de fiesta que nada tiene que ver con lo que realmente está pasando allí.

—Voy a por la cubitera.

Cristina se levanta, atraviesa el recibidor, pero no se para en la cocina, sino que sube las escaleras, abre la puerta del dormitorio y, sobre la misma cama donde nació su sueño diez años atrás, se echa a llorar, rota.

10

A Jorge le saltó la primera alarma cuando vio la expresión de la cara de su mujer al oír por primera vez la noche anterior el nombre de Silvia. Cristina llevaba toda la cena radiante hasta que Edu lo pronunció. Luego vino todo lo demás. La breve ausencia de Cris. El esfuerzo, casi patético, por aparentar que no pasaba nada. No llegaron ni a los *gin-tonics*. Edu también advirtió la incomodidad del momento y que seguir la charla con la misma naturalidad con la que la habían empezado se había convertido en una quimera. Por eso, cuando Jorge sugirió ir al salón a tomar algo, Edu se excusó. Les dijo que ya era bastante tarde, que no quería despertar a sus sobrinos y alguna que otra tontería. Eso ocurrió la noche anterior, ahora Cris duerme con su pijama azul celeste, más infantil que seductor. Respira plácidamente y parece que por fin sus sueños la alejan del mal momento vivido durante la cena.

Ha estado toda la noche moviéndose y ahora duerme como un bebé. Jorge contempla su figura y vuelven los miedos. Por la noche no hablaron de nada, se despidieron de Edu, subieron al dormitorio, se acostaron sin retirar la mesa, se desearon las buenas noches, un beso formal, ella le dio la espalda, él la abrazó, ella se movió un rato después para liberarse y Jorge, intranquilo, se pasó la noche vigilándola.

—Buenos días, dormilona —le susurra.

Ella abre los ojos, bosteza, lo mira, se estira, gime perezosa y finge una sonrisa que apenas puede mantener.

—¿Cómo estás? —Jorge le acaricia una mejilla dulcemente.

—Con sueño…

—Voy abajo a recoger y a prepararme algo de desayuno, quédate un rato más si quieres.

Ella asiente, se gira sobre la almohada y le da la espalda. Desea estar sola, que se marche, que deje de mirarla así, que no se le ocurra ni abrir la boca, que no vuelva con sus fantasías y sus rollos y, sobre todo, desea que Jorge se olvide de lo que pasó anoche y de hablar sobre ello. No quiere hablar; quiere borrarlo de su mente, quiere dejar de sentirse estúpida y celosa.

Escucha a Jorge bajar los peldaños y se acomoda avariciosa en todo el espacio que le acaba de dejar. Lo necesita porque tiene que entender que es normal que Edu se case, pero no que ella no lo supiera y que él siguiera pidiéndole fotografías atrevidas a través de Jorge. No, no es normal una petición así al mismo tiempo que planea su boda. Pero Edu la desea, lo sabe no solo porque Jorge se lo explique cada dos por tres, sino porque ayer pudo leerlo con claridad en su mirada azul e intensa. No, Edu no la ha olvidado y posiblemente no la olvide jamás. Pero ella vive con Jorge, Edu está a casi cuatro mil kilómetros de distancia y Silvia no ha hecho otra cosa que ocupar una vacante que tarde o temprano alguien tenía que llenar, eso es todo. Lo razona, pero no le sirve de nada porque la rabia le hace saltar de la cama, atravesar el pasillo, pisar los peldaños con los pies descalzos e irrumpir en la cocina, abrumada y furiosa.

—¡¿Y tú cuándo te enteraste?!

Jorge, agachado delante del lavavajillas, se levanta e intenta explicarse.

—Ayer, me enteré ayer… No sabía que tuviera novia.

Cristina se acerca para hablarle pegada a su boca, desafiante, airada.

—Y no podías decírmelo, ¿eh? Tenías que dejarme hacer el idiota durante toda la cena, ¿verdad?

—Nadie hizo el idiota, Cris.

—¿Ah, no? ¿Ah, no?

—No, Cris, no… Una cosa no tiene que ver con la otra.

—¡¿Qué coño es lo que no tiene que ver con qué?! ¡Qué me estás contando! —Cris levanta los brazos y agita las manos.

—Que Edu se case no tiene que ver con lo nuestro.

—¿Con lo nuestro? ¿Y qué es lo nuestro? ¡Estoy harta de todo este numerito!

Cris se gira bruscamente y se va. Sube al dormitorio y cierra la puerta de un portazo justo a tiempo para que Jorge ahogue un grito que se ha hecho un hueco en sus entrañas. Él sí que está harto de todo ese numerito, él sí que está harto de solo hallarla cuando le habla de Edu, él sí que está harto de que, según las lunas, puedan acostarse o no. Él sí que está harto de que su mujer no le busque ni una sola vez en la cama, por más que lleve toda la vida confesándole que ese es su sueño. Cómo desearía estar tan tranquilo en el sofá mirando la tele y que ella apareciera, se sentara encima y jugara con él. Se lo ha confesado ya tantas veces que se ha cansado de rogar. Él sí que está harto de que su mujer sea incapaz de fingir deseo ni una sola vez para cumplir su sueño. Casi catorce años de matrimonio y ni una sola vez ha dado el primer paso, el primer beso. Nunca. Ni una sola vez.

Jorge recoge el pan que ya ha saltado de la tostadora, calienta un poco de mantequilla en el microondas, pone una cápsula de kazaar en la Nespresso, observa cómo espumea en la taza y respira el intenso perfume de café que se dispersa por el aire. Luego lo lleva todo a la barra, busca el móvil con la mirada, lo encuentra y observa que Edu le ha enviado un wasap.

Muchas gracias por la cena de anoche
Estuvo bien
He hablado con Lola y tengo todo
el día ocupado
No voy a poder acompañarte para
conocer a Jorge Júnior

> No te preocupes, pero nos vemos
> antes de irte. ¿Cuándo vuelas?

El miércoles de madrugada

> Yo te llevaré al aeropuerto

Ya he quedado con Lola. Me llevará ella

> A mí no me importa y tu hermana
> tendrá que ocuparse de los niños

No te preocupes. Si te parece me paso
por el hotel mañana o el martes

> El martes mejor
> Podemos comer en el restaurante
> Tenemos un nuevo chef, te encantará

Ok, ¿a qué hora me paso?

> Sobre las dos. ¿Te va bien?

Hasta el martes. Perfecto

> Hasta el martes

«Edu lo ha vuelto a hacer», piensa Jorge. Su mejor arma siempre ha sido mirar hacia otro lado. Ni una sola palabra de Cris, nada. ¡Cómo si no se hubiera dado cuenta de que enterarse de lo de su boda le ha sentado como un tiro! Tampoco ni un solo comentario de lo otro. Como si la tensión sexual entre ellos fuera un invento de su paranoica mente. A Jorge solo le apetece encontrar una excusa para no verlo el martes, para no ir a la boda dentro de tres meses y quizá para olvidarse de él para siempre.

Abre su lista de contactos en WhatsApp y busca a José María Codina. Abre su perfil y su foto. Es un paisaje. Una escalinata de mármol que conduce a una playa y al mar. Se imagina a Ka bajando por ella majestuosamente. Su última charla la ha borrado por seguridad, casi siempre lleva el móvil encima y, cuando se separa de él, es incapaz de imaginarse a Cristina buscando el código de desbloqueo y husmeando, pero por si acaso quiere ser prudente. Por eso no tiene el nombre de Ka en los contactos, y además cambia la contraseña cada vez que se da cuenta de que ha desbloqueado el móvil cerca de su mujer y ella ha podido memorizarla.

Hola, Ka, ¿cómo estás?

11

Cristina y Jorge están sentados en el salón delante del televisor. Emiten una película en Antena 3, de esas que han visto mil veces, y avanza sin que le presten atención. Él saborea una copa de Lagavulin, aún con la tensión en el cuerpo por si de un momento a otro se vuelven a enzarzar; ella bendice el oportunismo y la falta de previsión del señor Codina, un *business manager* de Barcelona con el que su marido trabaja desde hace muchos años. Su llamada en domingo, que constata que los *yuppies* no tienen ni un día de fiesta, ha precipitado a Jorge a hacer las maletas y sacarse un billete para el primer vuelo del día siguiente.

—Es importante. Quiere presentarme a unos ejecutivos japoneses que buscan lugares especiales para celebrar eventos de empresa —se disculpa.

—¿Y te avisa así, de hoy para mañana?

Cristina no quiere que le note que está deseando quedarse a solas y que si por ella fuera lo llevaría al aeropuerto en ese mismo instante.

—Es extraño, lo sé. No le he preguntado, imagino que en su mente estaría presentarles otros destinos turísticos, pero que algo le ha salido mal.

—¿Ya tienes vuelo?

—Sí, mañana a las ocho y cuarto.

El viaje inesperado les ofrece una tregua, una distracción. Jorge se da cuenta de que ella no ha mencionado a Edu, como si no se encontrara a pocos kilómetros de Pasito Blanco, en Las Palmas. De repente le asalta la idea de darle su teléfono por si quieren quedar ellos y despedirse. Sería lo más normal, pues él ya no podrá hacerlo. Pero esa relación a tres con Edu no tiene nada de normal, lo sabe perfectamente. Y, después de lo que acaba de ocurrir, mejor dejar la lógica a un lado.

—¿Quieres que vaya yo a buscar a Júnior y así te organizas mejor? —Cris interrumpe de esta forma sus reflexiones.

Acaban de comer en casa por primera vez un domingo desde hace mucho. Ha sido un acuerdo tan tácito que ni siquiera ha provocado una discusión. Él no le ha propuesto salir. Ella tampoco. Cris ha bajado al jardín un poco antes de la hora del almuerzo, buscándolo. Allí ha abordado a Jorge, que estaba tomando el sol y bebiéndose una cerveza con el iPad en las manos. Antes de volver a pelearse por lo ocurrido anoche, Jorge se ha anticipado y le ha contado lo del repentino viaje a Barcelona... Así que todos los temas pendientes que tenían que hablar se han pospuesto. Nada de lo de Edu ni de la cena, ni rastro de lo de la boda o el trío. Tampoco ha surgido, por supuesto, lo de salir a comer fuera como ocurre todos los domingos.

—No hace falta, Cris, vamos los dos y nos quedamos a cenar con los viejos, ¿no?

A Cristina no le apetece cenar con los Guzmán; no por nada, su relación es buena, simplemente porque no se siente con ánimos, pero también se da cuenta de que es una oportunidad para escabullirse de su marido porque, ya de vuelta, en casa, se irán directos a la cama y luego la espera la paz de esos días a solas que el señor Codina le acaba de regalar.

—Sí, claro, llama a tu madre y dile que nos quedamos, pero que no se mate. Que si lo prefiere también podemos pedir unas pizzas, que a Júnior le encantan.

—Ahora la llamo.

La segunda alarma le salta cuando descubre que su mujer no está enfadada, sino más bien triste. Lo nota en su mirada, en su tono, en sus gestos. Y, de repente, se lo pregunta por primera vez: ¿y si está enamorada? Jorge se ruboriza al instante porque nunca, absolutamente nunca, le había pasado tal posibilidad por la cabeza y no lo entiende. No entiende cómo es posible que nunca se lo haya preguntado. ¿Tan seguro está del amor de su mujer? ¿Tan seguro está de que solo era la satisfacción de cumplir una fantasía sexual, una cuestión de deseo? Le ataca la duda de una manera tan salvaje que no puede evitar disparar una pregunta directa:

—Cris…, ¿estás enamorada de Edu?

Ella no se exalta ni se irrita con Jorge. Con la mirada fija en la pantalla, en esa película que no saben ni de qué va, niega con la cabeza y musita:

—Todo eso era una paranoia…

Jorge no comprende nada, menos aún su respuesta tan abstracta, pero, abierta la herida, decide hurgar por dentro.

—Eres otra desde que sabes que se va a casar… ¡Si hubieras visto tu cara! Si estás enamorada de él, tengo derecho a saberlo.

Cris lo mira con esa expresión que ella pone cuando miente y que Jorge conoce tan bien.

—No, no estoy enamorada… Te sigo el juego porque te divierte, porque nos divierte, solo eso.

Un escalofrío atraviesa a Jorge. Su mujer habla con la mirada perdida y atemorizada, como si acabase de contemplar a un espectro paseando por la casa. Pero Jorge sabe lo que realmente pasa: el terror que expresa su mujer es porque ha perdido a Edu. Esa respuesta de que no está enamorada de él se contradice con su significado real. No comprende cómo nunca, después de tantos años, ha sido consciente de lo que ocurre de verdad.

—¿No te lo crees? —Cristina no ha apartado la mirada y espera una respuesta.

—Sí, me lo creo —miente.

—Mira —propone ella, tranquila—, olvidémonos del tema, nos hemos divertido, pero ya está, las cosas se acaban y Edu ya es pasado.

Él asiente concentrado, traga un largo sorbo de whisky después de hacer girar el contenido del vaso, y se pregunta qué pasará si entierran a Edu, porque esa fantasía es lo único que le hace sentirse una mujer plena y sexy. Se pregunta también qué ocurrirá con su vida sexual. Está a punto de soltarlo cuando ella se levanta.

—Jorge, me voy a acostar un rato, esta noche me ha dolido el estómago y he dormido fatal.

—Claro, descansa, cariño.

Cristina atraviesa el salón, el recibidor y se pierde de camino a la escalera. Él la mira y siente su tristeza. Sabe que ella ha perdido el trono y ese algo más que Jorge nunca había sospechado que existiera. No comprende cómo puede haber sido tan estúpido de no verlo hasta ahora. Se levanta, camina hacia el licorero, se vuelve a llenar la copa, regresa al sofá, cierra los ojos, frunce el ceño y, por primera vez en su vida, nota el mordisco de los celos. Entonces abre WhatsApp, busca la última conversación con Codina y teclea:

Qué ganas tengo de volverte a ver

12

El restaurante Barceloneta mezcla el glamur de un establecimiento moderno y unas vistas increíbles al Puerto Olímpico con el encanto del viejo barrio marinero de la Ciudad Condal. Jorge, por ser un Guzmán, solo ha necesitado una llamada para conseguir una de las mesas en primera línea, junto a la barandilla y con olor a mar. Esas mesas de la terraza son muy solicitadas y están reservadas siempre. En ellas se reúnen para comer altos ejecutivos, políticos y los jugadores del Barça.

Jorge ha llegado, como de costumbre, antes de la hora acordada. No le importa; es más, sería completamente incapaz de llegar a en punto. Él nunca aparece tarde en una cita, ni siquiera unos pocos minutos después. Es de esas personas con las que, si quedas a una hora con él y no se presenta, ya puedes llamar a urgencias.

Con una cerveza y unos simples cacahuetes que chocan con el ambiente de alta cocina mediterránea que lo rodea, espera a Ka intentando recordarla no por las fotos de la web, que no se actualizan desde hace tiempo, sino por la última vez que se vieron, antes de la pandemia.

Su mirada se cruza con la de Jordi Cruyff, al que lleva un tiempo intentando ubicar. «Claro, es el hijo de Johan, que ahora es directivo del Barça», se dice. Está justo en la mesa de enfrente con otros tres hombres de americana y corbata, seguramente negociando una nueva incorporación. Borra a Cruyff de su mente ahora que ya se ha sacudido esa angustia tan común de tener un nombre en la punta de la lengua y que no te salga. Y se pone a recordar.

Es incapaz de ponerle fecha a la primera vez que se decidió. Llevaba ya un tiempo entreteniéndose con páginas web de contenido BDSM, incluso había solicitado información telefónicamente con alguna *mistress*, pero nunca se había atrevido a dar el paso hasta que la encontró a ella. La llamó y le pareció tan normal, tan campechana y tan de este mundo que compró por primera vez un vuelo a Barcelona. Jorge era aún muy joven, ya se había licenciado en hostelería y gestión de empresas en Madrid, trabajaba con su padre y estaba casi seguro de que aún no había conocido a Cristina.

—Jorge.

De pronto, una voz a su espalda y una mano apoyada en su hombro lo rescatan del pasado. Con que pronuncie su nombre, siente esa especie de corriente eléctrica que siempre que están juntos le recorre por dentro.

Ka oculta sus ojos tras unas enormes gafas de sol. Lleva un vestido largo, estilo hippy, un bolso de color beis colgado del hombro y unas sandalias a juego con plataforma. Jorge se levanta, ella se quita las gafas y le sonríe con los ojos, se abrazan, se besan y al instante le llega el perfume a rosas de siempre, un olor que regresa a su mente y le trae un tierno recuerdo y unas ganas tremendas de arrodillarse a sus pies.

—No has cambiado nada —dice ella mientras se sienta.

—Tú tampoco. Eres la más bella.

—La más vieja, Jorge, la más vieja.

—No digas bobadas.

—¿Bobadas? ¿Sabes que si hubiera tenido hijos ya podría ser abuela?

—¡Toma! Y yo si hubiera sido padre a los dieciséis… ¡No te jode!

—Esa boca, Jorge, o te tendré que castigar…

—Cuando quieras.

Se miran unos segundos y sonríen. Entonces a él le puede más la ternura de la vieja amistad que el perverso deseo de someterse y le acaricia una mano.

—Te he echado de menos.

—No te me pongas tierno y vamos a pedir, que estoy hambrienta —lo dice ejerciendo ya su papel, pero sus ojos marrones verdosos lo contemplan con dulzura.

—Ya he pedido. Espero que no te importe.

—Eso es muy arrogante, Jorge.

—No, esto es una prueba de lo mucho que te conozco.

—¿Y si mis gustos han cambiado?

—Ya sabes que me gusta arriesgar…

—Te vas a ganar una buena esta noche…

Eso espero.

No pueden reprimir unas carcajadas, pero los interrumpe un camarero alto y espigado, de los de toda la vida, con camisa blanca, pajarita y chaleco negros. Pide perdón y deposita en el centro de la mesa dos bandejas, una con una docena de navajas que huelen a mar y dos medios limones cortados en forma de rosa a cada lado, y otra con un *carpaccio* de gambas de color rosado y aroma intenso.

—Por cómo miras los platos veo que no has cambiado y que no me he equivocado, ¿verdad?

El camarero se retira, Ka le da las gracias y él le responde con una sonrisa y una leve reverencia.

—Eres un arrogante, Jorge.

—Ahora me dirás que no te apetece. ¿Querrás la paella de langosta que viene a continuación?

—Lo digo por el camarero. Ni lo has mirado a la cara.

—No me he dado cuenta.

—¿No te has dado cuenta?

—No...

—¿Sabes qué vamos a hacer?

Cuando Ka adopta este tono, Jorge tiembla.

—Me das miedo.

No miente. Ka echa un vistazo al interior del establecimiento buscando al camarero, una vez lo localiza, hace un gesto para llamarlo.

—Ahora te vas a disculpar.

—Pero Ka...

—¿Qué?

El camarero alto y espigado se presenta al instante y repite la misma leve reverencia de antes. Ka le sonríe; entonces, con un gesto, señala a Jorge.

—Tiene algo que decirte.

Al camarero le ha cambiado la expresión risueña, pero no le da tiempo a preguntarse qué es lo que no estará al gusto del caballero. La frase que le lanza el cliente a continuación lo descoloca.

—Lo siento. —Esa corriente eléctrica que le nace por dentro a Jorge y que le pierde como una adicción le estremece.

—No le entiendo, señor.

—Explícaselo —le exige ella, imperativa, con el mismo tono de voz que precede a sus latigazos.

—Antes he sido muy descortés, nos has servido y no te he dado ni las gracias.

—¡De usted! —lo interrumpe ella, autoritaria.

El camarero cada vez se siente más incómodo y Jorge más excitado. De hecho, se da cuenta de que están llamado la atención. El hijo de Cruyff ha levantado la mirada con un gesto extraño y él ya nota esa mezcla de estupor y pasión que suele sentir cuando a Ka se le va la mano.

—No es necesario, señor —se adelanta el camarero, que tiene ganas de huir de allí lo antes posible, aunque sabe que añadirá una nueva anécdota en su currículo, una de esas que nunca se cansará de contar—. ¿Les hace falta algo más? —se dirige a Ka.

—No, eso era todo, muchas gracias.

—A ustedes.

A Jorge se le ha acelerado el pulso cuando otro camarero que esperaba a sus espaldas les acerca la cubitera, dos copas escarchadas y el cava descorchado, un Gramona Imperial brut nature de la tierra.

—Muchas gracias. —Jorge se apresura a sonreírle y Ka le saluda igual.

Cuando el camarero se marcha, ella saborea el *carpaccio* de gambas y, con la boca todavía llena, tapándosela con la palma de la mano, le dice:

—Has tenido suerte porque el chico lo estaba pasando fatal... Te habría obligado a ponerte de rodillas.

—Lo sé.

Jorge también sabe que será incapaz de relajar la erección durante toda la comida. Por fin llegan a la paella de langosta, justo cuando el sol pasa por encima del alero del tejado, ensombrece el espacio y se lleva los reflejos del mar enjaulado en el estuario. La mesa de Cruyff ya está vacía y unas turistas se asoman a la barandilla antes de sentarse otra vez a la suya. Tienen al descubierto la piel enrojecida y delatan largas horas de playa y poca protección. Ka presiente que ha llegado el momento. Sí, lo que tiene que decirle no puede esperar más. Se lo debe porque Jorge forma parte de ese selecto harén de esclavos a los que, tras muchos años, ya considera casi familia.

—Jorge, he de contarte algo.

Él deja los cubiertos a cada lado del plato en señal de espera, se limpia los labios con la servilleta y la anima a hablar.

—Esta va a ser nuestra última vez.

—¿Cómo? —Jorge no se imaginaba esas palabras y el miedo atroz a perderla lo sacude y agobia.

—Que me retiro, Jorge, ya me va tocando.

—¿Ha pasado algo?

—No, ¿qué quieres que pase?

—No sé, algún cliente chungo, algún lío, no sé… Imagino que tu mundo no es nada fácil.

—No, no es eso…

—¿No estarás enferma? —la interrumpe con las pulsaciones a mil.

—No…, o sí. Mi enfermedad es que voy a cumplir cincuenta años.

Jorge suspira, aliviado. No obstante, tiene la sensación de que las gaviotas andan revueltas y sus graznidos todo lo envuelven, silenciando las tertulias de las otras mesas, el roce de los tenedores y los cuchillos contra los platos, las risas, el tintineo de la cristalería, los pasos de los camareros que van y vienen. Quizá ha sido el graznido de las aves o tal vez su suspiro. No lo tiene claro. Pero siente que se ha silenciado también el alma del restaurante.

—¿Y qué?

Ka automáticamente se señala debajo del ojo izquierdo.

—¿Ves estas arruguillas? —Luego, en un gesto eléctrico y rápido, se sospesa los senos—. ¿Y estas?

—¿Qué? ¿Qué? ¿Y qué?

—No estoy ya para meterme en arneses de cuero y botas, Jorge, o pronto me llamarán la abuelita del sado.

—¡No seas idiota!

—Te la estás jugando. —Sonríe.

—¿Y la experiencia?

—La experiencia es un grado, pero sobre todo lo es cuando alguien no depende de su aspecto físico, de su cuerpo, de su silueta…

—¡Estas buenísima! —la corta.

—Jorge, la decisión está tomada y quería avisarte…

—Pero, pero… —Jorge intenta ordenar toda la información que ha recibido—. De todas formas, a quien tiene que importarle tu aspecto físico es a tus clientes, ¿verdad? Quiero decir, no puedes retirarte antes de que ellos te retiren… —Jorge está nervioso y no encuentra ni mide bien las palabras—. Es el cliente quien decide si le gusta la empanada o no, no es la empanada…

—¡¿Me estás comparando con una empanada?!

—Nooo…

—Pues lo parecía…

—Quiero decir que si a mí no me importa que cumplas cincuenta años, ni esas arruguillas de debajo de los ojos que, por cierto, te hacen aún más atractiva, ni que se te caigan un poco los pechos, yo soy el que decido si quiero estar contigo o no… Y seguro que la mayoría de tus esclavos, los de siempre, opinan igual que yo.

—Estoy cansada, Jorge, mi trabajo exige una presión que no puedes ni imaginarte y ya son muchos años. No tienes ni idea de lo que he tenido que soportar. Lo que yo hago, si no eres una persona fuerte, puede hacerte mucho daño, romperte psicológicamente, y yo ya estoy al límite, no puedo más.

—Y, no sé… —Jorge trata de dar con la solución—. ¿No podrías cerrar la web y quedarte solo con unos cuantos clientes, con los de siempre? —Recuerda entonces que a ella le molesta el término «clientes» y se corrige rápidamente—. Con unos cuantos esclavos, quería decir.

—No, Jorge, paso. Me retiro antes de que, como tú mismo has dicho, me dejes por otra empanada de carne más tierna.

—Es imposible encontrar a otra como tú.

—¿Y Cristina?

—¿Cómo?

—Me has comentado alguna vez que a ella le va el rollo, ¿no?

—Sí, pero no.

—O sí o no… Te humilla deseando a otro y practicáis la castidad forzada, o al menos eso me has contado. A lo mejor te lo has inventado, los esclavos soléis tener mucha imaginación.

—No, no me lo he inventado, pero una cosa es que se lo pase bien diciéndome que se quiere tirar a otro y que me oblige a aguantar la eyaculación, y otra muy diferente que me domine como haces tú.

—Estoy segura de que le encantaría hacerte todo lo que yo te hago y más.

—No la conoces.

—Jorge, no existe ninguna mujer en este mundo que no disfrute sometiendo a un hombre, ni una. La verdad es que nos pasamos la vida sometiéndoos. Nosotras somos el verdadero sexo fuerte y la suerte que tenéis es que la mayoría de las mujeres no lo saben.

—Ka, Cristina nunca cogería un látigo ni haría nada de lo que tú me haces.

—¿Una mujer que es capaz de ponerte caliente confesándote que desea follarse a otro? ¿Una mujer que te obliga a complacerla y luego te deja al borde de la eyaculación días y semanas? Jajaja… Perdona que me carcajee, pero, si pasa una tarde conmigo, una sola tarde, te sorprenderías tanto que puede que hasta te arrepintieras… Tú no sabes lo que es vivir con una *mistress* veinticuatro horas siete días a la semana.

—Estás loca, Ka.

—Te haré este último favor, Jorge. Tráela a Barcelona, convéncela para una sesión de instrucción y verás como no me equivoco.

—Pero… ¿lo dices en serio?

Jorge piensa que está de broma; sin embargo, el tono y la mirada de Ka, así como los años que hace que la conoce, le hacen reflexionar dos cosas. La primera, que se ha vuelto loca de remate, y la segunda, que está hablando completamente en serio.

—Si yo te contara la cantidad de veces que lo he hecho… —continúa ella.

—¿Que has hecho el qué? —Jorge se está perdiendo.

—Instruir a parejas. Y también a mujeres que han venido por su cuenta para darle una sorpresa a su marido.

—¿Me estás tomando el pelo?

—No, no te lo estoy tomando, lo digo en serio... Que venga y ya verás.

—Eso es imposible, ¿cómo quieres que lo haga? «Oye, Cristina, nada, que llevo unos quince años, tal vez más, pagando a un ama para que me zurre y, como se retira, hemos pensado que te enseñe todos sus trucos y que a partir de ahora me zurres tú. ¿Te apuntas?».

—Pareces tonto, señor Guzmán... ¡Usa la imaginación! —A Jorge se le queda cara de bobo, bueno, la exagera—. Es muy fácil, le dices que has estado cotilleando una web de sado, la mía, y que ofrezco el servicio de instruir parejas, se lo propones como una fantasía para alegrar vuestra cama y yo, no sufras, haré como que no te he visto en la vida.

—¿Eso está en tu web? —Jorge frunce el ceño, no lo recuerda.

—No, pero no creo que se meta en ella, ¿no...? Aunque si sufres por si lo hace, no me cuesta nada añadir cuatro líneas y hacer como que lo ofrezco de verdad.

—Me has dicho que lo ofrecías de verdad —responde incrédulo.

—Sí, pero no está en el menú, es como aquí el mero o la corvina, que solo son sugerencias del chef.

—No va a funcionar.

—Inténtalo; lo peor que te puede ocurrir es que te regañe por mirar una página guarra, nada más.

13

Un taconeo estridente, como si dos soldados alemanes desfilaran por el interior de sus oídos, se cuela en los tímpanos de Jorge. Justo en ese momento se da cuenta de que por fin había conseguido dormirse pese a todo. Pese a la incomodidad del montón de paja donde está echado y que se le pega a las heridas de su piel desnuda, pese al fuerte y desagradable olor de cuando Ka le orinó encima la última vez que bajó al calabozo, pese a que las cicatrices de los latigazos que le atraviesan la espalda y el trasero le escuecen, pese a la excitación contenida por soportar tanto sin correrse, pese a estar esperando inquieto su premio… Además, tiene la certeza de que, tras el siguiente taconeo, ella le ofrecerá la recompensa que tanto desea.

Ilusionado, se levanta, arrastra la enorme cadena que lo sujeta por el cuello a la pared y, con la mirada baja, la espera agarrado a los barrotes de su celda. Ka se planta al otro lado de la reja.

—¿Ha dormido bien el señor? —le suelta burlona y cruel.

Él no la mira a los ojos, lo tiene prohibido. Solo ella puede. Ka, imponente, lleva el mismo arnés de cuero escotado y ajustado a la cintura con el que le ha esclavizado toda la noche. No falta nada, ni sus botas de látex por encima de las rodillas de tacón de aguja ni unos guantes largos a juego hasta el codo. Jorge responde mirándole los pies:

—Sí, ama.

Entonces escucha el forcejeo de la enorme llave en la cerradura y el chirrido de las bisagras del portón al abrirse. A continuación, ella lo libera de la enorme y pesada cadena y cambia el grillete que le rodea el cuello por una correa de perro. Sin esperar órdenes, Jorge se pone a cuatro patas y sigue sus pasos. Suben los peldaños de la escalera como las tres veces anteriores durante la noche. En las otras ocasiones, también ella ha bajado y lo ha arrastrado hasta la sala de los azotes. Jorge se ha herido las rodillas, las espinillas y las plantas de los pies siguiéndola. Y ella no ha tenido ninguna piedad al acelerar el paso para que su esclavo se tropezara. Por fin llegan a la planta, atraviesan la sala de castigos, pasan por delante de la cruz de san Andrés y Ka se sienta en un trono y cruza las piernas con poderío y soberbia.

—¡De rodillas! —ordena.

—Sí, mi ama.

A Jorge se le escapa una furtiva mirada a sus ojos por puro instinto. Cuando ama y esclavo juegan, los roles que interpretan pasan a ser cien por cien verdaderos. Si Jorge la mira sin permiso, es una traición, ella lo abofetea por la insolencia y lo arrastra de nuevo a la cruz de san Andrés. Esa cruz en forma de equis es donde la *mistress* inmoviliza a los esclavos para que reciban un castigo.

—¿Quién te has creído? —pronuncia en un tono duro pero calmado, mientras, por detrás, lo sujeta a la cruz por las muñecas y los tobillos sin que él pueda verla.

—Lo siento, ama, lo siento de verdad… No es buena idea, ama… No es buena idea…

—¿Qué no es buena idea? —le susurra al oído.

—Castigarme más… No puedo volver a casa con marcas, no puedo, Ka, por favor…

—Eres idiota, Jorge… ¿No alardeas de conocerme tanto? Ahora no me queda más remedio que golpearte sin piedad…

Jorge presiente por el taconeo que se dirige al mostrador de los látigos, las fustas y las varas. Porque ese ruido, el taconeo, es el que más conecta a un esclavo y a su ama durante la sesión, el único que permite al primero saber los movimientos, los pasos y los pensamientos del ama. Presiente, por el silbido que corta el aire, que ha elegido el bastón de disciplina inglesa y se le escapa un gemido y un ejército de súplicas, sinceras, antes de recibir el azote.

—Te lo ruego, te lo ruego, te lo ruego…

Jorge no hace teatro. Lo ruega completamente en serio, no por lujuria, sino por miedo. Pero suplicar no le sirve de nada: Ka descarga diez varazos furiosos entre los muslos, en la espalda y en el trasero de Jorge, que se retuerce, gime, llora y se excita a partes iguales.

—¡Eres un idiota! ¡Mira lo que me has obligado a hacer!

Ka lo libera de los grilletes que lo sujetan. Está realmente indignada. Jorge cae al suelo, jadeando y temblando. A los pies de la cruz, con una mejilla pegada a las baldosas, el esclavo escucha el taconeo de su ama que se dirige al altar. Las lágrimas se le cuelan por las comisuras de los labios y se las traga. Siente los hilillos de sangre que recorren las heridas, una enorme y feroz erección, dolor por todo el cuerpo y una irreprimible necesidad de correrse. Espera sus órdenes a los pies de la cruz, apaleado y con la respiración agitada.

No puede equivocarse otra vez. Ka es un ama severa y no quiere ponerla a prueba. No desea utilizar la palabra de protección; es decir, el stop que pactan antes ama y esclavo si este no puede más. Cuando un esclavo la usa es como romper la magia para siempre jamás. Jorge nunca la ha empleado, aunque en diferentes ocasiones ha estado a punto de pronunciarla. Ahora lo está. Ha reservado cuatro noches de hotel en Barcelona, que son las que ha calculado que necesitará para borrar sus marcas, no más. Además, su capacidad de sufrimiento ha llegado al límite. Se siente incapaz de aguantar una nueva flagelación. Por todo esto, celebra haber vencido el impulso de seguirla y besarle los pies sin esperar la orden. Si lo hubiera hecho, Ka lo habría vuelto a arrastrar a la cruz y él se habría despedido de su última sesión con el amargo recuerdo de su primer stop.

—¡Arrástrate a mis pies!

Jorge respira profundamente y cumple la orden. Por un momento, dejándose llevar por la confusión a causa del terror que le provoca Ka cuando se enfada de verdad, casi se pone a cuatro patas como un perro. Habría sido un enorme error. Suspira alegre al darse cuenta a tiempo y, feliz de servir a su ama, repta como un gusano hacia ella. Cuando llega a su lado le ordena que le bese la punta de las botas, luego las levanta para que le chupe los tacones, primero uno, después el otro.

—Como si fueran pollas, ¡chúpalos!

Cuando acaba, se levanta, y esa conexión que rastrea sus pasos permite a Jorge adivinar que Ka se dirige al botiquín y que la sesión, la última sesión con ella, a no ser que convenza a Cristina para ir los dos, cosa que duda, toca a su fin.

—No es para tanto —exclama Ka mientras le limpia con una gasa las heridas usando su otro tono, el de mujer normal.

Jorge se retuerce y aprieta las mandíbulas con tanta fuerza que casi se muerde. Ka le está aplicando alcohol sobre las heridas abiertas y le escuece tanto que no consigue reprimir un grito de dolor, como de parto. A Ka le provoca un placer morboso curar de ese modo las heridas que ella misma ha causado a sus esclavos. Esos aullidos finales la acercan a un estado muy cercano al orgasmo.

—¿Cuántos días te vas a quedar en Barcelona? —le pregunta para disimular esa excitación erótica que no puede permitirse un ama, y menos delante de un esclavo.

—Cuatro.

—Eres un idiota por ponerme a prueba… ¿No me conoces? ¿A quién se le ocurre rogarme que no te dejara marcas?

—¿Desaparecerán? —Jorge suplica más que preguntar.

—¿En cuatro días? Imposible. Ya te estás inventando que el señor Codina te necesita como mínimo una semana, o mejor más.

—Joder.

—Haber usado un stop, Jorge, para eso están. Y modera tu vocabulario o te vuelvo a arrastrar a la cruz y te quedas aquí un mes.

—Lo siento, ama.

—¡Mírame!

Jorge alza los ojos y siente cómo le atraviesa un torbellino de felicidad. El mismo torbellino de siempre. Recordará y vivirá esta sesión igual que todas las que ha vivido durante los últimos quince años. Instante a instante, palabra a palabra, vejación tras vejación, latigazo tras latigazo. Pero nada comparable a ese sublime momento cuando Ka, su dueña, le consiente que la mire por fin.

—Gracias, ama.

Ka le sonríe, consciente también de que será la última vez que tendrá a Jorge arrodillado y desesperado a sus pies, y necesita de un enorme esfuerzo para vencer la emoción. No es solo por la complicidad y la amistad que han tejido a lo largo de casi toda una vida, una vida en la que han llegado a sincerarse como verdaderos amigos. No, no es solo por eso. Está cerrando una etapa y eso supone un cambio de estación sin retorno, un paso en su camino que la obliga a detenerse, mirar atrás y darse cuenta de que el punto de salida es ya tan lejano que ni se ve. Todo ha avanzado demasiado deprisa y ya solo le queda el dinero. Nada más. Y es en ese momento cuando advierte que es muy poco y necesita un sobresfuerzo para continuar ejerciendo su papel sin venirse abajo. Un ama como ella no se lo puede permitir. Levanta su pierna derecha paralela al suelo y le ofrece su bota, como siempre.

—Córrete encima de mi pie.

Pero no puede más y su voz se quiebra nada más terminar de pronunciar la frase. Jorge advierte que los disfraces acaban de caerse. Se levanta y la abraza con todas sus fuerzas. Entonces, la falta de palabras barre la nostalgia de quince años de recuerdos y sus lágrimas silencian para siempre el silbido del látigo.

14

El ruido de fondo de la aspiradora se ha adaptado a los pensamientos de Cristina como la banda sonora de una película. Por eso, Patri, la chica que viene a ayudarla con la limpieza tres días a la semana, tiene que pedirle hasta dos veces que levante los pies. Cristina no logra sacarse a Edu de la cabeza.

—Perdona, Patri, ya me iba.

Cristina reacciona con un espasmo, como si se despertara de un sueño, y eso provoca la carcajada de la chica.

—Andabas muy lejos, ¿eh?

—¿Qué?

—Nada, que estás como poseída, quién sabe por quién y por dónde andas…

—Jajaja…, cosas que tengo en la cabeza, Patri, cosas… Voy a la piscina.

—Bien, si acabo pronto lo mismo me acerco.

—Sí, como quieras, ya sabes… Un chapuzón con este bochorno te sentará bien.

Cristina se levanta del sofá, le guiña un ojo a Patri y se dirige al dormitorio para ponerse la parte de abajo del bikini. La parcela de su chalet es lo bastante grande y aislada como para que nadie la pueda ver, pero no se siente cómoda tomando el sol completamente desnuda. Sube los peldaños y se ríe sola al recordar lo perplejo que se quedó el señor Guzmán, su suegro, el día que le confesó que a veces invitaba a Patri a la piscina. Después vino una charla sobre los valores y la disciplina que se debe emplear con el servicio. Desde ese día la invitó incluso más a bañarse con ella y con Júnior, y más de una vez ha incluido también a sus hijos. Y no lo hace, como le recrimina a menudo Jorge, para provocar a su distinguidísima familia; obedece a sus inquietudes y deseos.

Una vez en la habitación, entra en el vestidor adosado. Abre el cajón donde guarda los bañadores, los revisa como un experto comerciante de telas separándolos por colores y se decide por el minúsculo tanga amarillo con lazos. Vuelve a cruzar el espacio con el bikini en una mano, se acerca al espejo del tocador, se desnuda, se lo pone, se observa y sonríe. Se encuentra atractiva, se cubre el resto del cuerpo con una bata de baño y busca por toda la habitación el móvil. Una vez lo localiza en la mesita de noche, avanza dos pasos, lo coge y se da cuenta de que tiene tres wasaps y un *email*. Primero abre los wasaps.

Uno es de Jorge, el otro del grupo del cole y el tercero de su amiga Júlia. Jorge le comunica que el señor Codina desea llevarlo a visitar una red hotelera en los Pirineos porque buscan inversores y puede ser una buena oportunidad. Van a ir después de la reunión con los japoneses y, como mínimo, tendrá que quedarse en Barcelona siete u ocho días más. Cristina lo celebra con un gesto de júbilo.

El del grupo del cole es el típico mensaje de una madre que se aprovecha del elevado número de usuarios del chat para pedir que pulsen un link de un concurso *online* de dibujo artístico para votar por el trabajo que ha presentado uno de sus hijos. Cristina no lo piensa hacer. Nunca ha estado de acuerdo en que los concursos, sean de lo que sean, se decidan de ese modo y no por la calidad de los trabajos que se presenten. Júlia simplemente le recuerda que hace siglos que no se ven y que a ver si se toman algo. Contesta a Jorge que no se preocupe, que atienda sus negocios y se tome todo el tiempo que haga falta, y a Júlia que, si le va bien quedar por la tarde cuando recoja a Júnior, se pueden ver en la cafetería de al lado de la escuela; al grupo de madres envía un escueto «OK». Entonces abre el correo y el corazón se le para cuando lee el nombre del remitente: Eduard Weber.

De: Eduard Weber <eduwebweb@yahoo.com>
Para: Cristina Sureda <cris.sur.85@gmail.com>
Asunto: La cena
2022-06-07 10:34

Hola, Cris:

Supongo que te sorprenderá mi correo. Yo también estoy sorprendido, la verdad. Acabo de abrir esta cuenta en mi portátil solo para ti. Comparto la contraseña del móvil con Silvia y prefiero no tener que dar explicaciones. De todas formas, seguramente me mandarás a la mierda y este buzón de correo se cancelará tras dos únicos mensajes. Este y tu respuesta para mandarme a freír espárragos.
Podría enviarte un wasap porque aún estoy en la isla y por lo tanto con la intimidad suficiente para darte mi número de móvil y escribirte por esa vía, pero quiero contarte tantas cosas que me es más fácil hacerlo desde la comodidad de mi teclado.
Lo primero de todo es que verte me removió por dentro y afloraron de nuevo mis sentimientos. Tengo ganas de ti.
No puedo olvidarte. Durante la cena, yo era un manojo de nervios por diferentes motivos: el recuerdo de la última vez que estuvimos juntos; verte de nuevo en vivo y en directo y comprobar si se despertaría de nuevo toda esa energía que surge entre nosotros cuando nos miramos y, para acabar, la obligación de hablarte de Silvia. Confiaba en que Jorge ya lo hubiera hecho y que cuando nos reencontráramos ya supieras que me casaba.

He de confesarte que fue verte y todo volvió a ser como siempre. Se me nubló el pensamiento y en su lugar solo apareciste tú y el recuerdo de esa vez que no me dejaste ni cenar. Cerré los ojos cuando estábamos con Jorge delante de la nevera y rogué a los dioses que todo se repitiera. Que me tomaras de la mano y me arrastraras al sofá. Lo estaba deseando. Me caso con Silvia en un intento loco de olvidarte y ser feliz, pero después de verte ayer dudo que lo consiga nunca.

Deseaba que lo supieras.

Edu

Cris relee una vez tras otra el mensaje. Una vez tras otra, también, no deja de observar a su alrededor temiendo que la pillen *in fraganti* como si, traviesa, estuviera haciendo algo malo. El corazón le late con furia y en su estómago vuelven a revolotear esas mariposas que tras la cena creía muertas.

Sin darse cuenta, con la loca alegría de una adolescente, se tumba bocarriba en la cama. Apoya la cabeza en los cojines, dobla las piernas con las rodillas mirando al techo y no suelta el móvil, pues le parece una mágica ventana que la lleva a Edu. No para de reírse. Lee una y otra vez el correo, algo que se vuelve tan natural como el aire que respira. Suspira, aún sin podérselo creer, y al hacerlo las mariposas revolotean e invaden todo su cuerpo. Se ruboriza, cierra los ojos, los abre, vuelve a suspirar y, con una sonrisa en la cara imposible de borrar, toca para responder. Cuando una milésima de segundo después aparece la pantalla para que redacte su correo, recuerda la explicación de Edu, eso de que resulta más cómodo escribir un *email* desde el teclado de un portátil, y le urge tanto estar con él después de tantos años de espera que no puede retrasarlo ni un instante más.

De: Cristina Sureda <cris.sur.85@gmail.com>
Para: Eduard Weber <eduwebweb@yahoo.com>
Asunto: RE: La cena
2022-06-07 12:04

Qué forma tan maravillosa de empezar este martes con un mensaje tuyo. Casi no me lo puedo creer... Y tus palabras... Para mí verte lo significó todo, despertaste de golpe unos sentimientos que creía muertos, pero que simplemente dormían. Me di cuenta de que nunca podré dejar de pensar en ti mientras viva. Me comporté como una idiota, lo sé, y aprovecho para pedirte disculpas. Tienes todo el derecho del mundo a rehacer tu vida y estar con quien quieras, faltaría más. Pero enterarme de esa manera, cuando pensaba que me encontraba en la antesala de volver a saborear tus besos, se me atravesó y no estuve a la altura. Lo siento. Me comporté como una mujer celosa y caprichosa, como una mujer posesiva y machista. Y por este comportamiento perdimos quizá la última oportunidad de podernos tener el uno al otro, aunque solo fuera una noche más.

Cris

De: Eduard Weber <eduwebweb@yahoo.com>
Para: Cristina Sureda <cris.sur.85@gmail.com>
Asunto: RE: La cena
2022-06-07 12:08

Ahora quien suspira soy yo, Cris... Me encantaría que me explicaras mejor eso de los sentimientos que solo dormían. Va, te propongo un trato. Si lo haces, yo te contaré los míos.

De: Cristina Sureda <cris.sur.85@gmail.com>
Para: eduwebweb@yahoo.com
Asunto: RE: La cena
2022-06-07 12:10

Jajaja..., veo que estamos con el correo abierto esperando respuesta, ¿eh? ¡¡¡Me encanta!!! Es muy fácil, Edu, es tan fácil como comprender que siempre he estado loca por ti, aunque eso, creo, ya lo sabías 😕. Es tan fácil como comprender que no he dejado de pensar ni un solo día en todo lo que pudo ser y no fue.

Te toca.

De: Eduard Weber <eduwebweb@yahoo.com>
Para: Cristina Sureda <cris.sur.85@gmail.com>
Asunto: RE: La cena
2022-06-07 12:13

Sí, llevo más de dos horas reiniciando el correo una vez tras otra, mirando la bandeja de spam, reiniciando, de nuevo spam, reiniciar, spam, y así como un loco... ¿Se puede saber dónde te habías metido? ¿Es que no miras tu correo? Jajaja... Ahora en serio: tenía miedo de que hubieses eliminado esta dirección, de que ya no lo miraras, de que el correo se hubiera perdido, qué se yo...
Bueno, me toca. Antes te he escrito que me voy a casar con Silvia para intentar ser feliz y olvidarte, pero dudo que lo consiga nunca, porque mi única felicidad sería poder vivir contigo. Sí, te quiero.

De: Cristina Sureda <cris.sur.85@gmail.com>
Para: Eduard Weber <eduwebweb@yahoo.com>
Asunto: RE: La cena
2022-06-07 12:17

No sé qué decirte porque tampoco sé muy bien lo que siento. No creo que esté enamorada de ti, o sí, no tengo ni idea, la verdad. Pero no consigo olvidarte y no hay un solo día que no te busque por las redes. Soy feliz con Jorge, aunque también pasamos nuestros altos y bajos. Sin embargo, en más de una ocasión he estado muy cerca de dejarle, coger el primer avión a Alemania y buscarte.

De: Eduard Weber <eduwebweb@yahoo.com>
Para: Cristina Sureda <cris.sur.85@gmail.com>
Asunto: RE: La cena
2022-06-07 12:20

Cris, me estás empujando a saltar a la calle, parar el primer taxi y correr a tu lado. ¿Lo sabes? ¿Quieres que lo haga? Jorge, si no me ha mentido para no verme, está en Barcelona, ¿verdad?

De: Cristina Sureda <cris.sur.85@gmail.com>
Para: Eduard Weber <eduwebweb@yahoo.com>
Asunto: RE: La cena
2022-06-07 12:20

Sí, le ha salido un inesperado viaje de negocios y se pasará más de una semana fuera... Soy incapaz de decirte que no, aunque mi corazón dicte una cosa y mi cerebro otra. ¡A la mierda el cerebro! Pero organicémonos bien. La chica que viene a limpiar estará aquí hasta la una y media, pero a veces se queda un rato en la piscina y comemos juntas. Hoy parece que va a ser una de esas ocasiones... Déjame organizarlo mejor con una cena. Creo que nos debemos una. Tú y yo, ¿no? Voy a intentar que Júnior duerma con los abuelos esta noche, ya se me ocurrirá una excusa. Quedamos a cenar, a solas, más romántico e intenso... Podemos pasar toda la noche juntos hasta que llegue la hora de tu vuelo... Tenemos algo pendiente desde hace diez años y creo que nos lo merecemos..., ¿no?

De: Eduard Weber <eduwebweb@yahoo.com>
Para: Cristina Sureda <cris.sur.85@gmail.com>
Asunto: RE: La cena
2022-06-07 12:22

No me puedo creer que esté pasando todo esto, Cris. De acuerdo. A la mierda el cerebro. Dime a qué hora y estaré contando los segundos que me separan de mi sueño.

De: Cristina Sureda <cris.sur.85@gmail.com>
Para: Eduard Weber <eduwebweb@yahoo.com>
Asunto: RE: La cena
2022-06-07 12:23

Hago unas llamadas y te digo.

¿Ok?

De: Eduard Weber <eduwebweb@yahoo.com>
Para: Cristina Sureda <cris.sur.85@gmail.com>
Asunto: RE: La cena
2022-06-07 12:23

Ok, preciosa... Estoy loco por volver a estar contigo. ☺

Te quiero mucho.

De: Cristina Sureda <cris.sur.85@gmail.com>
Para: Eduard Weber <eduwebweb@yahoo.com>
Asunto: RE: La cena
2022-06-07 12:24

Me too. ☺

15

Cris es feliz en su día a día, pero sufre remordimientos. El discurso de la liberación feminista, los siglos de condena que han sufrido las mujeres en manos de los hombres, humilladas y despreciadas solo por su sexo con empleos de menor responsabilidad o con peores salarios, el reparto de las tareas del hogar, como si lavar los platos, pasar la escoba y la fregona, planchar y cuidar a los niños fuera exclusividad de ellas…; todo eso se alía en su contra y no la deja disfrutar de su tiempo.

A Cris le gusta estar en casa, cuidar de Júnior, hacer la compra, cocinar y disponer de su tiempo libre, ir al gym, leer, tomar algo con las amigas, tumbarse en la playa cuando le da la gana, salir a correr o al mar con su tabla de pádel, o lo que se le ocurra hacer en cada momento… Se siente libre y conforme con su vida. Además, dispone de su propio dinero. Un salario que acordaron Jorge y ella por encargarse de la casa, de las cuentas familiares y de las de un par de negocios donde su marido es socio (un *charter* de pesca y un bar de copas), además de unas inversiones en bolsa.

Ella cree que no necesita más: está ocupada, se siente útil y tiene un montón de tiempo libre, pero el dichoso remordimiento y, sobre todo, eso del qué dirán, la ha llevado a plantearse una ocupación mayor: montar y dirigir personalmente un gimnasio exclusivo para mujeres. Desde hacía tiempo ese era el tema recurrente del que se hablaba en las tertulias familiares, bien en casa de los padres de Cristina, en Tenerife, bien en la de los Guzmán. Todo surgió a raíz de que dejara su puesto en la cadena hotelera cuando se quedó embaraza y de que nunca volviera a reincorporarse. Para evitar las habladurías, decidió dejar caer que su sueño era poner en marcha el gimnasio.

Y esa es la excusa que ha usado para pedirle a su suegro que recogiera a Júnior para que durmiese esa noche con los abuelos, porque le ha surgido de improviso una cena con la presidenta de una cadena de gimnasios femeninos y tal vez sea su oportunidad para hacerse cargo de la franquicia en las islas Canarias. No es mentira del todo, porque sí es cierto que llevaba unos días hablando por teléfono y escribiéndose por *email* con esta mujer y que habían quedado en verse pronto. No le ha costado mucho montarse la excusa.

Le ha contado lo mismo a Júlia y también ha informado a Jorge. Y ha estado tan entretenida toda la tarde con la planificación de su coartada y con la visita que ha hecho al supermercado para poder preparar la cena que hasta que ha llegado a casa, pasadas las siete, no ha empezado a notar cómo los nervios se retuercen en su estómago por lo que está a punto de pasar. Edu y ella han decidido echar a Jorge de la partida otra vez, sin previo acuerdo, y convertirlo en una relación clandestina que no tiene idea de cómo puede acabar ni de cómo desea que acabe.

Las palabras que Edu le ha dedicado en el correo las recita en su interior constantemente y la empujan a ir a por todo, a pensar en ella misma y en nada más. Él le ha confesado que nunca conseguirá ser feliz con la tal Silvia. ¿Y ella? ¿Ella podrá seguir siendo feliz sabiendo que Edu la quiere, que él no ha dejado de pensar en ella ni un solo día? Tienen una cuenta pendiente que resolver. Lo piensa y un pinchazo entre las costillas la estremece. Cris sabe que se encuentra a poco más de una hora y media de su asignatura pendiente y que se moverán las cosas y que, al removerlas, algo a la fuerza se romperá.

Deja la compra sobre la encimera de mármol de la cocina y el instinto la lleva a comprobar el móvil que siempre mantiene en silencio. Ve un sobrecito cerrado en la parte superior, a la izquierda de la pantalla, y, al pensar que vuelve a ser él, las mariposas del estómago se le disparan y una sonrisa nace en sus labios.

De: Eduard Weber <eduwebweb@yahoo.com>
Para: Cristina Sureda <cris.sur.85@gmail.com>
Asunto: RE: La cena
2022-06-07 19:11

Hola, Cris. No sé cómo decirte esto, pero no podré cenar contigo esta noche. Lo siento, no sabes cuánto. Siento avisarte tan tarde, pero estaba esperando a ver si ocurría un milagro y se arreglaba todo. Resulta que cuando le he dicho a Lola que esta noche no iría a cenar, que había quedado con Jorge, me ha confesado que había preparado una cena de despedida con los niños y que les hacía mucha ilusión. Me ha dicho que si lo podía arreglar y, como ella no sabe nada de lo nuestro (solo faltaría) ni tampoco que Jorge está en Barcelona, no he tenido argumentos para insistir porque sabía que ya habíamos cenado juntos el sábado. Créeme que estoy tan desesperado que me ha faltado nada para soltarle la verdad. Ese era el milagro que estaba esperando: contárselo, aliarme con la confidencialidad entre hermanos y volar a tu lado.
No sé qué decir ni cómo conseguir que me perdones.

Edu

De: Cristina Sureda <cris.sur.85@gmail.com>
Para: Eduard Weber <eduwebweb@yahoo.com>
Asunto: RE: La cena
2022-06-07 19:20

No, por Dios... ¡Ni se te ocurra contarle nada a Lola! Y claro que te perdono, ¿cómo no te voy a perdonar? No es tu culpa, qué le vamos a hacer. Nuestra historia es esto, un quiero y no puedo aliado con los astros, que no nos permiten disfrutar el uno del otro. Sin embargo, he de confesarte que guardaré tus correos como mi tesoro más valioso.

Nunca te olvidaré.

De: Eduard Weber <eduwebweb@yahoo.com>
Para: Cristina Sureda <cris.sur.85@gmail.com>
Asunto: RE: La cena
2022-06-07 19:23

Es que no tienes que olvidarme, Cris. Yo tampoco me olvidaré de ti. No sé si estamos haciendo el idiota... Tú con Jorge, yo con Silvia. Lo tuyo es más complicado, diez u once años de matrimonio, no me acuerdo, y un niño de siete. Lo mío, con las invitaciones de boda a punto de salir tampoco es que sea fácil, pero me parece peor tu situación.

¿Tú hasta dónde serías capaz de llegar por mí?

De: Cristina Sureda <cris.sur.85@gmail.com>
Para: Eduard Weber <eduwebweb@yahoo.com>
Asunto: RE: La cena
2022-06-07 19:25

Esta es una pregunta que no sé si debo contestarte en caliente porque yo misma me asusto con las opciones de respuesta que me vienen a la mente. Por otro lado, ya pasamos por una situación parecida y tenemos experiencia.

¿Y tú?

De: Eduard Weber <eduwebweb@yahoo.com>
Para: Cristina Sureda <cris.sur.85@gmail.com>
Asunto: RE: La cena
2022-06-07 19:27

No lo sé, Cris... No lo sé... Lo que sí sé es que no es algo para hablarlo por correo. Me caso en unos meses, sí, pero verte el otro día hizo que me replanteara todo... ¿Sabes que solo consigo hacer el amor con ella si te imagino a ti?

De: Cristina Sureda <cris.sur.85@gmail.com>
Para: Eduard Weber <eduwebweb@yahoo.com>
Asunto: RE: La cena
2022-06-07 19:27

Me lo había contado, Jorge, pero pensaba que se lo inventaba. Bueno, Silvia nunca había salido en nuestras conversaciones porque ni sabíamos que existía, pero me había explicado eso, que cuando estás con una mujer necesitas pensar en mí para correrte. Siempre había creído que se lo inventaba para ponerme cachonda.
Es muy fuerte todo lo que me cuentas y que durante todo este tiempo hayamos estado conectados de este modo, con mis fotografías y tus mensajes a través de Jorge. Es muy fuerte que ahora me digas que me quieres y que eres capaz de replanteártelo todo.

¿Te das cuenta de que no es muy normal?

De: Eduard Weber <eduwebweb@yahoo.com>
Para: Cristina Sureda <cris.sur.85@gmail.com>
Asunto: RE: La cena
2022-06-07 19:29

No, Cris, nada es normal. Ni que Jorge te haga esos retratos para mí ni que yo te haga llegar lo que te deseo y las fantasías que tengo contigo a través de él. Nada es normal en esta relación a tres. Por eso lo mejor es dejarla o que sea solo de dos. Tuya y mía.

De: Cristina Sureda <cris.sur.85@gmail.com>
Para: Eduard Weber <eduwebweb@yahoo.com>
Asunto: RE: La cena
2022-06-07 12:31

¿Y cómo se hace eso si tú estás en Alemania y yo en las Canarias? ¿Cómo se hace eso si pronto estarás de luna de miel con otra y yo tengo un hijo de siete años de tu mejor amigo?

De: Eduard Weber <eduwebweb@yahoo.com>
Para: Cristina Sureda <cris.sur.85@gmail.com>
Asunto: RE: La cena
2022-06-07 19:31

No lo sé, Cris... Pero podemos mantener este correo y escribirnos, de momento escribirnos, y ya veremos. Lo que es vital para mí y lo que necesito que me confieses es si, llegado el momento, serías capaz de dejar a Jorge por mí.

De: Cristina Sureda <cris.sur.85@gmail.com>
Para: Eduard Weber <eduwebweb@yahoo.com>
Asunto: RE: La cena
2022-06-07 19:33

Ya te he dicho que no puedo dejar de pensar en ti... Sí, sería capaz, pero esto ya lo sabes. Creo que de momento este correo es mucho más de lo que hemos tenido hasta ahora, disfrutémoslo y el tiempo dirá...

De: Eduard Weber <eduwebweb@yahoo.com>
Para: Cristina Sureda <cris.sur.85@gmail.com>
Asunto: RE: La cena
2022-06-07 19:35

Perfecto, preciosa... El tiempo dirá... ¿Y qué hacemos con Jorge si desea seguir con el juego?

De: Cristina Sureda <cris.sur.85@gmail.com>
Para: Eduard Weber <eduwebweb@yahoo.com>
Asunto: RE: La cena
2022-06-07 19:35

Después de lo de la otra noche le dejé muy claro que se había acabado todo. No volverá, y, si lo intenta dentro de un tiempo, le pararé los pies. Ya te lo he dicho, Edu... Esto ahora va de ti y de mí. No puedo luchar contra mis sentimientos y lo que siento por ti es eterno.

De: Eduard Weber <eduwebweb@yahoo.com>
Para: Cristina Sureda <cris.sur.85@gmail.com>
Asunto: RE: La cena
2022-06-07 19:36

Lo mío por ti también lo es. 😊
Me hace muy feliz saber que por fin, aunque de momento solo sea de forma virtual, estamos juntos. Ahora tengo que dejarte y hacer caso a Lola y a los niños.
Cuando llegue a Alemania, te escribiré. Por favor, nunca me mandes un wasap o un correo a mi otra cuenta, recuerda que lo podría leer Silvia.

Besos de esos que solo tú sabes dar. 😊

Tu amor eterno

De: Cristina Sureda <cris.sur.85@gmail.com>
Para: Eduard Weber <eduwebweb@yahoo.com>
Asunto: RE: La cena
2022-06-07 19:37

No sufras, Edu, para empezar ni me sé tu número de teléfono alemán y el que tenía creo que ya no existe... Solo te escribiré a esta cuenta de Yahoo... porque la otra tampoco la tengo. Me provocas tanta ternura... Veo lo nervioso que estás cuando me pides este favor... ¡¡¡No he podido contactar contigo en diez años, Edu!!!
Y los besos de los que me hablas habrá que buscar la forma de mandártelos de verdad. 😊
Que tengas un plácido vuelo.

Hasta pronto, corazón.

Hasta pronto, bellezón.

16

Ka coge de la mano a Jorge y lo empuja hasta los servicios de un bar. Lo lleva a la zona de mujeres, cierra con el pasador y le levanta la camiseta. Pasa las palmas de ambas manos sobre su espalda y aprueba lo que ve.

—Esto cicatriza bien, en un par de días ni se notará.

—Te lo dije.

—Quería asegurarme.

Le da un beso en la mejilla, como una madre, y vuelven a la mesa.

Dos vasos de café con leche vacíos y dos platos de desayuno con las migajas de los cruasanes los esperan.

—¿Quieres otro café? —le pregunta Ka, que sabe que a Jorge le gusta repetir.

Él asiente y ella levanta la voz para pedirlo.

—¿Será nuestro último desayuno?

Jorge se lo pregunta con un tono de súplica.

—No seas burro, pobre de ti como cuando vuelvas a Barcelona no me llames para que nos veamos.

—Es que yo a Barcelona solo vengo por ti.

—¿Y tus negocios con el señor Codina? —Ka suelta una carcajada y Jorge la acompaña.

Carlos, el dueño del bar, que hace años que conoce a Ka, deja el café con leche sobre la mesa y le dice:

—Tú siempre tan feliz, Gloria. —Ka se llama Gloria en el mundo real.

—Ya ves, el reencuentro con viejos amigos.

Observa a Jorge, al que recuerda de haberlo visto alguna vez con ella, le sonríe y regresa a su lugar, detrás de la barra.

—Ka. —Jorge le coge una mano encima de la mesa y ella la retira—. Lo de Cris no es buena idea, nunca accedería y solo serviría para que sospechase que lo del señor Codina es una tapadera.

—¿Tú crees?

—Cris es muy lista. No, es mejor no tocar nada… Ya me buscaré la vida.

—Puedo recomendarte a alguien.

—Te lo iba a pedir, pero no me atrevía.

—¿Tanto miedo doy? —Ka se ríe.

—Estoy muy a gusto contigo, no sé si voy a ser capaz de estar con otra ama.

—Claro que podrás…

—No sé ni si me atreveré. Contigo todo es diferente porque soy tuyo, ya lo sabes, completamente tuyo…

—Solo es un juego, Jorge.

—No, no lo es… Cuando me someto a ti, pierdo la razón y tu dominio se eterniza fuera de las sesiones, veinticuatro siete hasta que te puedo volver a ver. No creo que esto lo consiga con otra, no sé ni si me apetece probar suerte.

—Busca a *mistress* Maika en internet. Ya te he hablado a veces de ella, somos amigas y ya verás como pronto me olvidas.

—Nunca te olvidaré.

—Te digo que es un juego, Jorge… Cuando estés delante de Maika, caerás rendido a sus pies. Tú eres sumiso, es tu sexualidad, tu naturaleza.

—Recuerdo a Maika, un día estábamos en la Dungeon Barcelona y me la presentaste.

—Es verdad, lo recuerdo… Búscala, llámala y dile que vas de mi parte.

—No creo que lo haga, pero muchas gracias.

—De todas formas, si cambias de idea con lo de Cristina, yo estaré encantada de ofreceros una sesión. Piénsatelo.

—Lo haré.

—Pareces triste… ¿Es por lo de mi jubilación o hay algo más?

—Siempre hay algo más, Ka. Los secretos son puñales afilados.

—Hijo, ¡cuánto misterio! ¿Me lo vas a contar?

—No importa, no es nada, no te preocupes.

—Es algo y gordo, lo noto.

—Cosas con Cristina…

—Ya, ¿y esos secretos como puñales son de ella o tuyos?

—Supongo que de los dos… Pero no me apetece hablar del tema, ahora no.

—Como quieras… ¿Cuándo tienes el vuelo?

—En principio el lunes que viene, depende de tus latigazos y de lo que tarden en borrarse… ¿Cenamos algún día para decirnos adiós?

—Yo no te quiero decir adiós, solo se va Ka, Jorge, Gloria se queda.

—Entonces, Gloria…, ¿te apetece cenar conmigo?

—No puedo, la zorra de Ka se va de viaje. Ha de ir cerrando carpetas y despidiéndose de los esclavos que tiene por todo el mundo.

Cuando Jorge oye a Gloria hablar de Ka en tercera persona, se le escapa una risa. Siempre le pasa. Se ríen juntos, se miran y se hablan con los ojos para decirse que se importan. Simplemente por eso han quedado para desayunar. Ya en la calle se abrazan como una pareja de novios antes de que él parta a la guerra, el miedo a no volverse a ver es idéntico.

—Háblame siempre que quieras, seguramente me cambiaré de número. No quiero volver a saber nada más de la zorra esa.

—Entonces ¿me pasarás el nuevo?

—Sí, claro, a eso me refería. —Ka se queda un instante en silencio y luego añade con pena—: Cuídate mucho, por favor. —Se rompe y él la vuelve a abrazar aún más fuerte.

—Tú también, tesoro —le susurra al oído.

Para un taxi antes de echarse a llorar en la misma esquina de la calle Casanovas y Ka gira por la Diagonal. Ella vive cerca de Francesc Macià, en la avinguda Tarradellas. Pronto la pierde de vista y siente de repente un vacío profundo que le ahoga, como una caída a un abismo sin fondo.

Comprueba la hora en su móvil y se da cuenta de que necesita llegar pronto al hotel, tomarse un bocadillo en el bar y hacer tiempo para sentarse delante del ordenador a la hora de comer. Veinte minutos después, sin que el taxista le dirija la palabra, cosa que agradece, llega a su destino. Cruza el vestíbulo, se sienta en la barra de la cafetería, pide un bocadillo de bacon y queso y una cerveza, y se lo toma con una angustia en el estómago que lo obliga a dejarlo a medias. Se dirige de nuevo al vestíbulo, llama al ascensor, sube hasta la planta cuatro, tropieza con las chicas de servicio, que tiran del carrito de las toallas por el pasillo, las mira y les sonríe, les pregunta si ya han arreglado la 414, ellas le responden que sí y entra.

Corre las cortinas para dejar pasar la luz del sol. Las vistas con el Mediterráneo de fondo son espectaculares, el cielo azul brilla sobre la superficie irisada y la tranquilidad que se respira en el parque del Poblenou contrasta con la frenética Barcelona. Por un momento, mientras observa a los transeúntes que pasean a sus perros, a algún que otro turista despistado o a gente feliz montando en bicicleta, piensa que realmente se ha subido a un avión y ha aterrizado en otro lugar.

Jorge suspira y arruga la blanca cortina con su puño. Cierra los ojos y nota con fuerza el trauma que sintió nacer anoche durante la última charla. No entiende nada. No comprende nada pese a que siempre lo ha tenido delante de sus ojos. Tampoco tiene claro cómo reaccionar ni qué camino tomar. Comprueba la hora, aún es pronto. Demasiado pronto. Se echa en la cama y solo quiere dormirse para evitar la espera. Pero su desesperación es demasiado profunda para conseguir que el subconsciente se sienta cómodo.

Vuelve al bar para ganar tiempo y se toma un Lagavulin seco en un sofá. A esas horas todo el mundo está en el comedor y el ambiente le regala calma y sosiego. El barman, detrás de la barra, se distrae con el móvil, sonríe sin darse cuenta y Jorge aventura que tal vez esté chateando con su novia. Un rato después de revisar el álbum de fotos picantes de Cris, vuelve a comprobar la hora: pasan dos minutos de las dos. Edu ya habrá aterrizado en Stuttgart, su vuelo salía a las ocho y diez y, salvo imprevistos, a las dos menos veinte ya estaría en tierra. Se ventila de un trago el cuarto de copa que le queda. Con un fuerte ardor provocado por el whisky de malta y los nervios, vuelve a la habitación. El barman le dirige un gesto para despedirse, pero él no se da cuenta.

Entra de nuevo en la 414, se sienta en el escritorio que hay justo debajo del televisor que cuelga de la pared y coge el portátil, se conecta al wifi del hotel, abre una nueva ventana de incógnito, entra en el correo Yahoo, mete los datos de la cuenta que abrió ayer, eduwebweb@yahoo.com, y redacta un escueto *email* a Cristina para comunicarle que ya está en casa.

17

De: Eduard Weber <eduwebweb@yahoo.com>
Para: Cristina Sureda <cris.sur.85@gmail.com>
Asunto: At home
2022-06-08 14:15

Buenos días, pibonazo·

Ya estoy en casa. El vuelo plácido pero doloroso. Cada kilómetro que el avión me apartaba de ti se me clavaba en lo más hondo del alma. No sé adónde nos llevará esto, pero no consigo dejar de pensar en ti.

Edu

De: Cristina Sureda <cris.sur.85@gmail.com>
Para: Eduard Weber <eduwebweb@yahoo.com>
Asunto: RE: At home
2022-06-08 14:17

¡¡Hola, wapo!!

He llegado antes a casa porque esperaba recibir y contestar tu correo cómodamente en el sofá. Los miércoles por la mañana suelo ir al gym a ponerme en forma, no sea que deje de gustarte 😊. Calculaba mentalmente tu vuelo y no te esperaba en casa antes de las tres.

Y sí, yo también comparto tu dolor kilómetro a kilómetro y tampoco consigo dejar de pensar en ti.

Bueno, si te he de ser sincera, tampoco es que lo intente 😊.

Cris

De: Eduard Weber <eduwebweb@yahoo.com>
Para: Cristina Sureda <cris.sur.85@gmail.com>
Asunto: RE: At home
2022-06-08 14: 20

Hemos salido con extrema puntualidad, a las ocho y diez, y a las dos menos veinte aterrizamos. Llevo mi equipaje encima, hemos desembarcado rápido y en taxi estoy a diez minutos de casa y, claro, lo primero que he hecho al entrar es abrir el portátil y escribirte.
Esto, la verdad, después de vencer el impulso de sacarme un billete de vuelta y aniquilar de nuevo el montón de kilómetros que nos hacen daño.

E

De: Cristina Sureda <cris.sur.85@gmail.com>
Para: Eduard Weber <eduwebweb@yahoo.com>
Asunto: RE: At home
2022-06-08 14:21

Parecemos adolescentes que se dejan notas de amor en el pupitre, Edu. ¿Sabes qué? Es mentira que haya ido hoy al gimnasio; te voy a contar la verdad, me da vergüenza, pero lo voy a hacer. No me he movido en todo el día de casa por si escribías el final feliz de la peli y llamabas a mi timbre. Esto, en Hollywood, habría acabado así. Las historias de amor no se merecen finales tristes.

C
(Veo que abrevias la firma, no se me vaya a cansar el niño. Pues, hala, una C 😊).

De: Eduard Weber <eduwebweb@yahoo.com>
Para: Cristina Sureda <cris.sur.85@gmail.com>
Asunto: RE: At home
2022-06-08 14:23

Jajaja... Si tanto te molesta, firmaré con nombre y apellidos 😊.
Respecto al guion de nuestra peli, hemos de seguir el plan de
rodaje, el final está aún muy lejos y esto puede dar un giro
imprevisto en cualquier momento. A mí tampoco me gustan los
finales tristes y te juro que el nuestro será feliz.

EW
(¿Mejor?).

De: Cristina Sureda <cris.sur.85@gmail.com>
Para: Eduard Weber <eduwebweb@yahoo.com>
Asunto: RE: At home
2022-06-08 14:25

Si es un final..., será triste. Los finales siempre son tristes y
nosotros esto ya lo vivimos una vez. No quiero reprochártelo,
pero es algo de lo que tarde o temprano tendremos que hablar.

CS
(Creo que no firmaré más así, parece la matrícula de Castellón).

De: Eduard Weber <eduwebweb@yahoo.com>
Para: Cristina Sureda <cris.sur.85@gmail.com>
Asunto: RE: At home
2022-06-08 14:27

Sé que me equivoqué al irme sin decirte adiós después de lo de
aquella noche, pero de eso hace ya muchos años y Jorge
siempre me ha tenido al corriente de ti.

EW

De: Cristina Sureda <cris.sur.85@gmail.com>
Para: Eduard Weber <eduwebweb@yahoo.com>
Asunto: RE: At home
2022-06-08 14:27

Nunca he comprendido, la verdad, nunca, que te prestaras a su juego, que fueras capaz de abandonarme de esa manera y te limitaras a mandarme mensajes de wasap a través de él. Admito que me hacía sentir bien saber que no podías dejar de pensar en mí, aunque solo lo supiera por Jorge. Te reconozco que me ponía cachonda al dedicarte las fotografías que él te mandaba, pero no entendía nada ni logro entenderlo ahora.

No quiero que te suene a reproche ni a enfado.

C
(Adiós matrícula, y no es que tenga nada en contra de Castellón, ¿eh?).

De: Eduard Weber <eduwebweb@yahoo.com>
Para: Cristina Sureda <cris.sur.85@gmail.com>
Asunto: RE: At home
2022-06-08 14:30

Yo he pensado lo mismo muchas veces, que no era algo muy normal usarlo a él como si fuera un Cyrano para decirte que no era capaz de borrarte de mi cabeza, ni tampoco que te dejaras fotografiar con poses insinuantes para que Jorge me las mandara. He intentado retirarme un montón de veces, te lo juro, pero entonces él, que ya sabes que es muy persuasivo, siempre me convencía de que lo necesitaba, de que lo necesitabais los dos, de que os estaba haciendo un favor, de que el juego a tres mantenía activa vuestra llama sexual.
Un día Jorge me confesó que vivía con un trauma: que nunca, en todo vuestro matrimonio, ni siquiera antes de que os casarais, le habías buscado en la cama. Nunca. Que te lo había pedido y reprochado mil veces, pero que nunca nunca habías aparecido delante de él en el momento más inesperado, pícara y seductora, para arrastrarlo a la cama. Que siempre era él quien daba el primer paso y que eso lo estaba matando por dentro.

Le duele ver que me miras a mí como nunca le has mirado a él. Ver que yo disparo tu libido solo con pronunciar mi nombre, con el recuerdo de lo que ocurrió aquella noche. Que ante sus ojos me hicieras eso que eres incapaz de ofrecerle a él: arrastrarme al sofá y devorarme. Su sueño, pero con otro hombre. Eso lo destroza y lo excita a partes iguales, y ese es el motivo por el que le he seguido el juego desde Alemania: la confesión de que sin ese juego vuestra vida sexual sería un desastre porque es incapaz de ponerte cachonda.

Espero que nunca descubra que te lo he contado. Jorge no me lo perdonaría jamás.

EW

De: Cristina Sureda <cris.sur.85@gmail.com>
Para: Eduard Weber <eduwebweb@yahoo.com>
Asunto: RE: At home
2022-06-08 14:38

Joder, Edu...
Me has dejado de piedra. Y sí, tienes razón. Entre nosotros nunca ha habido química, es algo contra lo que no puedo hacer nada... Esto lo aprendí la primera vez que te vi, con esos ojazos azules que me miraban y esos labios carnosos que me invitaban a lo desconocido... Te vi y te deseé al instante. Pero que no haya química entre Jorge y yo no quiere decir que no lo quiera.

De: Eduard Weber <eduwebweb@yahoo.com>
Para: Cristina Sureda <cris.sur.85@gmail.com>
Asunto: RE: At home
2022-06-08 14:42

Cris.
Silvia pronto pasará por casa y te tendré que dejar, pero, ya que estamos atacando tantos temas íntimos, necesito saber qué sientes, honestamente, por Jorge. Para mí es crucial saberlo.

EW
(Yo le dejo la W, le da un toque como intelectual, ¿no?).

De: Cristina Sureda <cris.sur.85@gmail.com>
Para: Eduard Weber <eduwebweb@yahoo.com>
Asunto: RE: At home
2022-06-08 14:45

Qué siento por Jorge. Es la pregunta del millón. Ahora estamos
bien, pero ya te dije unos correos atrás que vivimos en una
constante montaña rusa y que me he planteado muchas veces
dejarle y volar a Alemania a por ti. No sé si te sirve como
respuesta.

C

De: Eduard Weber <eduwebweb@yahoo.com>
Para: Cristina Sureda <cris.sur.85@gmail.com>
Asunto: RE: At home
2022-06-08 14:47

Me halaga, pero no me sirve. Necesito más precisión.
¿Qué sientes? ¿Estás enamorada? ¿Por qué te casaste? Si se
muriera, ¿conseguirías volver a ser feliz? ¿Te imaginas una vida
sin él?
Esto es lo que necesito saber.

EW
(No te has pronunciado sobre si mi firma te parece intelectual).

De: Cristina Sureda <cris.sur.85@gmail.com>
Para: Eduard Weber <eduwebweb@yahoo.com>
Asunto: RE: At home
2022-06-08 14:50

Por él siento cariño, amistad... Me he acostumbrado a él. Es un
buen padre, adora a su hijo, pero no estoy enamorada. No
tengo ni idea de por qué me casé. Supongo que apareció en un
momento delicado de mi vida. Llevaba unos años viviendo lejos
de mi familia y me encontraba sola. Ya sabes que para los

isleños las distancias se magnifican. Si ir de norte a sur de Las Palmas ya es como montar una excursión, imagínate lo que significa tener a tus padres en la isla de al lado, en Tenerife. Desde el primer momento, él me metió en su casa y me presentó a la familia entera: a los padres, a los abuelos, a los tíos... Y, cuando quise darme cuenta, ya formaba parte de ellos. Seguí la corriente y esa corriente de los Guzmán me llevó a casarme. Eso es todo. Mientras, por las noches, en la cama, como te ocurre a ti, solo consigo sentirme mujer si me imagino a tu lado. Si cierro los ojos y te siento a ti entre mis piernas. Por eso aluciné tanto el primer día que Jorge me contó que le habías confesado que solo te corrías pensando en mí. Aluciné porque desde que te conozco, me ocurre lo mismo. Sí, yo también soy incapaz de correrme si no me imagino que estoy contigo.

C
(De Cacho Confesión que te acabo de soltar. Y sí: E Uve Doble, pronunciado así, suena tope intelectual).

De: Cristina Sureda <cris.sur.85@gmail.com>
Para: Eduard Weber <eduwebweb@yahoo.com>
Asunto: RE: At home
2022-06-08 15:16

Imagino que si no me contestas es que ya ha llegado Silvia. No te molesto más. Voy a comer algo, que mira qué hora es. Desconozco la diferencia horaria con Stuttgart, pero ojalá llegue el día que no nos separe ni eso.
Escríbeme cuando puedas, por favor.

Te quiero.

C
(De Corazón).

18

Poco le importan ya las marcas en la espalda, pero no va a volar a la isla hasta el lunes. Necesita estar solo, y ningún lugar mejor que en una ciudad donde no lo conoce nadie. Se imagina a Cristina, desesperada, como una loca, consultando su móvil, su *email*, a cada segundo. «Que se joda —piensa—. Que se joda y mucho, que sufra y se desespere hasta perder el juicio esperando a su querido Edu, a su corazón. Qué hija de puta». Tan hija de puta que nunca le ha confesado el verdadero motivo por el que se casó con él: su imperio, su poder, su apellido.

Durante varios días, Jorge ha sacado de paseo a sus monstruos por Les Rambles en medio de una maraña humana. La mayoría turistas con las mejillas enrojecidas por el sol y la sangría. Ha establecido una rutina: pasea como un autómata Rambles arriba, Rambles abajo. Entra y sale de El Corte Inglés. Pasea entonces por el passeig de Gràcia hasta la Diagonal y entonces se sienta en una terraza. Una vez acomodado, comprueba la app del correo que se ha bajado en el móvil solo para comprobar si ella le ha escrito. Busca después los mejores rincones gastronómicos que le ofrece la capital catalana, reserva y los visita. Solo entonces vuelve al hotel, se echa una siesta y se va a pasear por Poblenou. Se toma una cena ligera en cualquier lugar agradable y vuelve a la habitación del hotel, a la 414. Allí bebe un Lagavulin mientras mira a la oscuridad a través del balcón. Así un día tras otro. Mientras, la cuenta de Yahoo abierta para comprobar la resistencia de su mujer.

Ella es terca, la conoce lo suficientemente bien para saber que, aunque arda en deseos de volverle a escribir, no le dedicará una sola línea más si Edu no le contesta antes. Su orgullo no le permite arrastrarse tanto y acumular un tercer *email* del mismo remitente en su correspondencia de amor. Pero lo que no sabe Cris es que ese correo que espera no le llegará jamás, que lo único que encontrará será la verdad, una verdad que Jorge le confesará cara a cara. Le soltará poco a poco que lo de Edu solo existe en su imaginación, que la famosa noche del trío prácticamente tuvo que rogarle a Edu que acudiese... ¡Cómo disfrutará destrozándola! Le contará que la única vez que Edu se la ha follado lo hizo como un favor entre colegas. Que Edu nunca la ha deseado, que nunca ha estado loco por ella, que todo lo ha manipulado él para acostarse con ella. Pero en el fondo todo es culpa de Cris, porque nunca ha hecho el esfuerzo de hacer un poco de teatro para que se sintiera deseado, a pesar de haberle confesado mil veces su trauma. No quiere mentirse: ha sido él quien la ha invitado a vivir en una fantasía sexual de la que es protagonista. Una farsa que mantiene porque es la única manera de acostarse con ella.

Pero ahora ya todo le da igual, se ha acabado. Arde en deseos de venganza y no hay mejor manera que confesarle que «su Edu» no ha existido jamás. Que «su Edu», el mismo que le ha escrito los *emails*, no es otro que él, su marido. Siempre ha sido «su Edu», siempre, y la única vez que fue obra del Edu real, aquella noche de hace diez años que fue a casa a follársela, sucedió porque él se lo había pedido como un favor. Sí, eso mismo le confesará antes de arrojarle encima los correos que ha impreso en una copistería de Les Rambles. Luego le pedirá el divorcio, no sin antes dejarle claro que no vuele a Alemania porque nadie la espera allí. Pasa una jornada, y otra y otra más entre esos pensamientos de venganza...

Después de esos días rutinarios, ya es lunes y sube a ese avión que le devuelve a la isla. Jorge relee los *emails* cuando el vuelo se estabiliza, mira por la ventanilla y el reflejo del sol sobre el océano, su océano, lo ciega. Entonces, dentro de una rutina que no deja de ser siempre la misma desde el último intercambio de cartas, la tristeza sustituye a la rabia y siente los latidos de su corazón retumbando en todo su cuerpo. Cristina forma parte de su vida; romper con todo le hace daño. En un solo viaje está a punto de perder a las dos mujeres más importantes que ha encontrado en el camino, a Ka y a ella. Ka ya no está, le queda Gloria, pero no es lo mismo. A la otra, para echarla, necesitará valor y mucho odio. Por eso guarda con celo el buzón de Yahoo. Esos correos le provocan rabia, odio y desprecio. Le harán falta.

Por eso abrió esa dirección de correo, por eso prefirió saber cuál era su destino, como quien consulta una bola de cristal. El pensamiento que nubló su cerebro tras la última cena entre los tres le inoculó la idea, por primera vez, de que su mujer amaba a Edu. Esta sospecha y la necesidad de confirmarlo lo ha arrastrado hasta el infierno que vive ahora. Al menos le servirá para hartarse del odio que necesita para echar a Cris de su vida.

Un poco después, ella escucha puertas que se abren y se cierran. Pasos y voces. Y sonríe. Poco a poco va adquiriendo ese instinto que tiene su marido de saber cuándo llega alguien. Corre hacia la puerta principal, la deja entreabierta, comprueba que continúa el rastro de pétalos de rosa y lo sigue hasta entrar en el dormitorio de nuevo.

A Jorge le golpea el corazón en el pecho como un martillo. Se ahoga tanto que se asusta. «¿Me va a dar un infarto?», piensa. Abre la verja que separa la calle de la entrada, suspira y aspira profundamente para serenarse, cruza por la pasarela de piedra hasta el rellano y le invaden la cobardía y el miedo. «Necesito leer otra vez los mensajes para llenarme de odio o no lo voy a lograr». Presiente que empieza a flaquear, que se hunde del todo, pero, cuando llega ante la puerta y se la encuentra entreabierta, le visita un nuevo terror que tapa el otro. ¿Habrá entrado alguien? ¿Les habrán robado? ¿Cris estará bien? Empuja la puerta y grita su nombre al mismo tiempo que pisa un pétalo de rosa. Se detiene en seco. No entiende nada. Es un rastro rojo, como de sangre, que lo conduce a los pies de la escalera pasando por delante de la bodega y del recibidor.

—¿Cris? —Esta vez lo pronuncia con suavidad.

En el vestíbulo ha dejado la maleta, pero bajo el brazo mantiene el sobre marrón con los *emails* dentro. Ni se acuerda de que los lleva. Por su cerebro cruza la posibilidad de encontrarla con otro. Ya no le extrañaría nada, pero se da cuenta de que al aterrizar se han intercambiado un par de wasaps en los que él ha mantenido un tono jocoso para poder hacerle más daño en el momento en que le arroje la verdad. Jorge sigue el rastro de rosas rojas hacia el dormitorio, sin comprender nada hasta que abre la puerta y la ve tumbada en la cama, de lado, luciendo sus largas y preciosas piernas y con un estrecho y escotado corsé negro que realza su silueta.

—¿Tú crees en la electricidad?

Cris está más seductora que nunca, no puede creer que esa sea su bienvenida. Él deja el sobre en la mesilla y se acerca hipnotizado por la sombra de rímel que hace que sus ojos parezcan más redondos y grandes.

—¿Qué? —contesta Jorge mientras gatea sobre el colchón hasta ella.

Cristina sonríe y pasea sensual la punta de la lengua por los labios. Después se acaricia el muslo repetidamente.

—Si crees en la electricidad, ¿es esto corriente?

Jorge se lanza a sus brazos tras una irreprimible sacudida…, entregado, desesperado, frágil y vencido. Unos minutos más tarde lo comprende todo. Le basta con echar un vistazo al sobre que ha dejado encima de la mesilla. Se da cuenta de la fuerza arrolladora del personaje que acaba de crear y se regocija al descubrir que es mucho mejor que el otro, que el antiguo Edu murió tras la última cena que celebraron juntos. EW le proporciona un poder de manipulación tan grande que usarlo será la mayor de sus venganzas. Se levanta de la cama, coge el sobre y, antes de que le pregunte, le informa de que son unos contratos y los va a guardar en la caja fuerte.

—¿Y no prefieres que antes nos duchemos juntos? —se insinúa ella, y eso también forma parte de una primera vez.

«Esto se lo debo a EW», piensa Jorge.

—Ve, que ahora subo yo. Prefiero guardarlos, no se vayan a perder porque me los haya dejado olvidados en la mesilla.

—Tú mismo.

Ella se levanta, rodea la cama *king size*, lo besa como si no hubiese un mañana y le susurra que no tarde. Jorge se pone la bata que cuelga detrás de la puerta del baño, observa la silueta desnuda, exuberante y preciosa de su mujer que se esconde detrás de la mampara de la ducha y resopla de puro deseo. A continuación, baja los peldaños y se para en el rellano hasta que oye el agua correr. Entonces se dirige al garaje y decide, rápido, dónde va a esconder el sobre. Revisa una serie de cajas que ni recuerda lo que guardan entre los estantes metálicos de la pared, agarra la escalera de mano, trepa hasta la parte superior del mecano y ahí, debajo de una maleta antigua repleta de polvo, lo esconde. «Lo mejor será quemarlos en la chimenea o en la barbacoa más tarde», piensa. Pero para hacerlo necesita estar solo. Entonces recuerda que Cris le está esperando en la ducha, nota la erección y sube a toda prisa entonando un gracias a EW, su gran aliado.

19

La Punta Yacht Club es un privilegiado local exclusivo para residentes de Pasito Blanco o para aquellos que reservan mesa, excepto en la estación estival y en Semana Santa, cuando la privacidad se convierte en sagrada. Situado en la bocana del puerto deportivo de la zona residencial, cuenta con un restaurante y coctelería, zona *chill out*, solárium y una plataforma para lanzarse de cabeza al Atlántico. Como todo en Pasito Blanco, las instalaciones son de lo más lujoso que hay en las islas Canarias y ser socio del club es sinónimo de poder y grandeza.

Cristina ha invitado a su amiga Júlia a comer allí. Mientras la espera, toma el sol y se baña de vez en cuando. Ha llegado hora y media antes. Las normas del local impiden el toples y ella se resiste a estropear el bronceado total del escote tostándose tumbada en la hamaca. Por eso pasa la mayor parte del tiempo en el mar: la calma del agua de la bocana, perfectamente separada de los que navegan por unas boyas, le permite practicar la natación como en una piscina, solo que con el agua salada y fría. Además, así huye del sol y del tormento que este supone. Al nadar se concentra en la respiración y su subconsciente le regala la tranquilidad necesaria para dejar de viajar obsesivamente a ese buzón de correo que no recibe mensajes desde hace casi una semana.

Surge como una sirena del agua, con el trikini blanco y negro que se ajusta a la perfección a su cuerpo, se agarra a la barandilla metálica y sube los peldaños lenta y parsimoniosamente. La brisa caliente choca contra su piel, mojada y fría. Se le escapa un suspiro y con dos saltitos cómicos corre a ocupar la tumbona para que le dé un poco el sol, ese que había evitado hasta ahora para que no se le quedasen las marcas del trikini. Se abraza, tirita, busca el móvil en la bolsa de mimbre y, cuando observa el sobrecito de correo con un dos al lado, junto a otras notificaciones de WhatsApp e Instagram, siente un calor que evapora de golpe las gotas heladas del Atlántico que aún resbalan por su cuerpo. Abre el correo con la misma desesperación que un condenado a muerte recibiendo el indulto y, justo debajo de un *email* comercial que le intenta vender no sabe qué, lee el único nombre que la colma de ilusión y alegría.

De: Eduard Weber <eduwebweb@yahoo.com>
Para: Cristina Sureda <cris.sur.85@gmail.com>
Asunto: ¿Cómo estás?
2022-06-14 13:20

Buenos días, preciosa:

¿Cómo estás? Perdona que no haya dado señales de vida hasta ahora; he pasado unos días complicados a nivel profesional y familiar y no encontraba el momento de estar a solas para poderte escribir. ¿Qué tal el reencuentro con Jorge? Ya lo tienes en casa, ¿verdad?

Besos,

EW

De: Cristina Sureda <cris.sur.85@gmail.com>
Para: Eduard Weber <eduwebweb@yahoo.com>
Asunto: RE: ¿Cómo estás?
2022-06-14 13:42

Holaaa..., estoy tomando el sol en La Punta mientras espero a una amiga para comer y revisando el correo mil veces por segundo, como una loca. ¡Que ya está bien, señor EW, casi siete días sin noticias! ¿Acaso quieres que me dé un infarto?

Te quedas sin firma ni besos, por malo.

De: Eduard Weber <eduwebweb@yahoo.com>
Para: Cristina Sureda <cris.sur.85@gmail.com>
Asunto: RE: ¿Cómo estás?
2022-06-14 13:45

Jajaja... Tendré que hacer algo para que me perdones... Pídeme lo que desees. ☺

EW

De: Cristina Sureda <cris.sur.85@gmail.com>
Para: Eduard Weber <eduwebweb@yahoo.com>
Asunto: RE: ¿Cómo estás?
2022-06-14 13:46

Lo que deseo es algo imposible, porque lo que quiero es estar contigo... Edu, esto es horrible, no consigo dejar de pensar en ti a todas horas y apenas duermo. Es de locos. Espero que se nos pase pronto porque no sé de lo que soy capaz.

C
(Va, de momento ya tienes firma, dime algo bonito y a lo mejor te mando un beso).

De: Eduard Weber <eduwebweb@yahoo.com>
Para: Cristina Sureda <cris.sur.85@gmail.com>
Asunto: RE: ¿Cómo estás?
2022-06-14 13:50

A mí me pasa lo mismo. He de confesar que no te había vuelto a escribir con la esperanza de que poniendo distancia la cosa se enfriara, pero no, va a más. Y yo tampoco sé de lo que sería capaz... ¿Qué serías capaz de hacer si no se nos pasa?
Y lo más bonito que se me ocurre decirte es tu nombre, Cristina, porque me recuerda a la cosa más bonita del mundo..., que eres tú.

EW

De: Cristina Sureda <cris.sur.85@gmail.com>
Para: Eduard Weber <eduwebweb@yahoo.com>
Asunto: RE: ¿Cómo estás?
2022-06-14 13:52

Oye, eso es precioso, Edu, así que ahí va un superbeso... muuuaaakkksss... (con lengua y largo, por supuesto).
Qué sería capaz de hacer si no se nos pasa: volar a Alemania y perderme entre tus brazos.

C

De: Eduard Weber <eduwebweb@yahoo.com>
Para: Cristina Sureda <cris.sur.85@gmail.com>
Asunto: RE: ¿Cómo estás?
2022-06-14 13:56

Me muero de ganas de recibir ese superbeso, Cris... Me muero de ganas de besarte hasta que me duelan los labios, de volver a sentir la excitación a través tu piel, la tuya y la mía, palpar tus senos redondos y tus nalgas con las manos, acariciarte los muslos, abrirlos levemente y meter la cabeza en medio hasta que no resistas más y tus jadeos me confiesen que deseas que te penetre... ¿Vienes?

142

De: Cristina Sureda <cris.sur.85@gmail.com>
Para: Eduard Weber <eduwebweb@yahoo.com>
Asunto: RE: ¿Cómo estás?
2022-06-14 13:59

Va a llegar mi amiga y me va a notar algo, seguro que me nota algo, porque ahora mismo siento la humedad de tu deseo entre mis piernas y seguro que pongo esos ojillos que dice Jorge que pongo cuando me habla de ti.

C

De: Eduard Weber <eduwebweb@yahoo.com>
Para: Cristina Sureda <cris.sur.85@gmail.com>
Asunto: RE: ¿Cómo estás?
2022-06-14 14:01

¿Pones ojillos de vicio cuando te habla de mí? Mmm... Ya lo sabía, él me lo ha contado. Sois muy raros..., jajaja... Sobre todo él. Por eso me presto a vuestros juegos, porque siempre he sabido que tarde o temprano volvería a estar contigo. Esto último es lo único que le da sentido a mi vida.

EW

Una sombra se abalanza de repente sobre Cris y ella esconde el móvil como el adolescente travieso al que acaban de pillar haciendo algo que no debe.

—¡Júlia!

Cris se levanta nerviosa, casi se tropieza, y le da dos besos.

—No quería asustarte, perdona...

—Jajaja... No te preocupes, es que estaba distraída.

Júlia la observa divertida dando unos pasitos atrás, hasta situarse a un par de metros, como si su amiga fuera una obra de arte y el solárium un museo.

—Te veo espléndida, Cris —se sincera.

—Y tú, Júlia, y tú.

Ella no es sincera, miente. Júlia es una mujer sin silueta, delgada y con cuerpo de niña, labios finos y ojos pequeños. Vulgar físicamente, pero divertida y vivaz.

—¿Vamos a la terraza? Me muero de hambre… Por eso he llegado un poco antes, y también porque siempre me lío con las distancias y pienso que voy a tardar más. Quedamos a y media, ¿verdad?

—Sí, sí, quedamos a y media.

Júlia le acaricia la tela del bañador y frunce el ceño.

—Vaya —exclama—, acabas de salir del agua. ¿Te vas a cambiar o esperamos a que te seques?

—No, no, no te preocupes. Me pondré el vestido encima, esto en cinco minutos se seca. —Cris apenas puede ocultar que le ha fastidiado su llegada—. ¿Por qué no te adelantas y vas pidiendo? Ya tenemos mesa reservada, a nombre de Guzmán… Es que tengo que contestar un correo urgente, nada, cinco minutos, de paso me seco y ya voy…, ¿vale?

—No me importa esperarte, Cris… Tengo hambre, pero tampoco me muero. —Se ríe.

—No, no, en serio, si no te podría prestar mucha atención, es que es algo urgente, he de contestar ya. —Le muestra el teléfono en alto como prueba definitiva—. Hazme el favor de adelantarte y pide unos entrantes para picar, a tu gusto, así no tendremos que esperar, ¿sí?

—Por supuesto… ¿Es por lo de tu gimnasio?

—Sí, ya te contaré…

—Me muero de ganas.

Júlia se aleja, con esa manera de andar que tanto le agrada a Cris. Su amiga es así, puro nervio, desparpajo y naturalidad. Tanta como para presentarse a La Punta en bambas y *jeans*. Ella sería incapaz de asistir a una comida en bambas y tejanos, y, si es en La Punta Yatch Club, ya ni te cuento.

144

La observa como si temiera que sus pensamientos fueran capaces de atravesar la mente de Júlia y ella se enterase de lo que realmente pasa por su cabeza. Se ha puesto muy nerviosa y teme que se haya dado cuenta de que no le está diciendo la verdad respecto al *email*. Asustada y cauta, no desbloquea el teléfono hasta que la pierde de vista entre las mesas de la terraza, al fondo. Entonces recupera a toda prisa la respuesta a Edu.

De: Cristina Sureda <cris.sur.85@gmail.com>
Para: Eduard Weber <eduwebweb@yahoo.com>
Asunto: RE: ¿Cómo estás?
2022-06-14 14:11

Edu, mi amiga Júlia acaba de llegar. Ahora mismo la estrangularía con mis propias manos... Jajaja... Te respondo lanzándote una especie de SOS... ¿Si viajo a Stuttgart de incógnito podrás pasar una noche conmigo?

Contesta rápido, por favor, mi amiga me espera. 😁

C

De: Eduard Weber <eduwebweb@yahoo.com>
Para: Cristina Sureda <cris.sur.85@gmail.com>
Asunto: RE: ¿Cómo estás?
2022-06-14 14:13

¿Vas a ser capaz de engañar a Jorge? Jajaja... Esto cada vez se pone más interesante... ¿Y adónde le dirás que vas? Dime en qué fechas vendrías y te busco un hotel en el centro. Por supuesto que pasaremos una noche juntos y todas las horas que nos hagan falta.

EW

De: Cristina Sureda <cris.sur.85@gmail.com>
Para: Eduard Weber <eduwebweb@yahoo.com>
Asunto: RE: ¿Cómo estás?
2022-06-14 14:16

Sí, Edu, por ti soy capaz de todo... No sé qué le contaré... Tengo lo del gimnasio y lo puedo usar de excusa para inventarme un viaje a Madrid y volar desde Barajas a Stuttgart para no dejar rastro... Ya lo veré... Miro el calendario y te digo, porque o estoy contigo pronto o me muero.

C

De: Eduard Weber <eduwebweb@yahoo.com>
Para: Cristina Sureda <cris.sur.85@gmail.com>
Asunto: RE: ¿Cómo estás?
2022-06-14 14:17

Genial, Cris, quedo a la espera de tu correo; ahora disfruta de la comida con tu amiga y, sobre todo, procura que Jorge no sospeche nada. Ya sé que si me tienes en tu cabeza será complicado, pero intenta que confíe en ti, no te distancies de él porque es capaz de ponerte un detective... O eso o le dices directamente que vas a follar conmigo: lo aplaudirá y te pagará el viaje... Ya sabes cómo es. Pero creo que no vienes solo a follarme, ¿verdad?

EW

De: Cristina Sureda <cris.sur.85@gmail.com>
Para: Eduard Weber <eduwebweb@yahoo.com>
Asunto: RE: ¿Cómo estás?
2022-06-14 14:18

No, quiero comprobar si seré capaz de pasar el resto de mi vida sin estar a tu lado.

Te quiero.

C

Un cúmulo grueso y negro cruza por delante del sol y proyecta una sombra sobre Cristina. Instintivamente levanta la cabeza. Deja el móvil en la tela de la tumbona y se abrocha el vestido de flores ajustándolo sobre el bañador; lo hace con parsimonia para darle tiempo a contestar. Un matrimonio conversa en alemán mientras se dirigen a la plataforma de baño y a ella se le acelera más el corazón cuando los oye. Toca la pantalla táctil del teléfono, pero no aparece ningún aviso de correo nuevo. Entonces suspira, lo guarda en su bolsa de mimbre, se la cuelga y se acerca con fastidio a la mesa de la terraza donde la espera su amiga en bambas y tejanos.

20

Su rincón fantástico hace rato que ha dejado de lucir fantástico. Observa el reflejo azulado de la piscina, que se eriza por la brisa y la falta de bañistas, que estarán ya todos en el comedor, y presiente que algo se está desconfigurando en su alma. Las tumbonas están vacías y los gorriones, dando saltitos a su alrededor peleándose por una migaja de pan, o de patata frita, o de lo que sea, siguen a lo suyo. Siente el deseo de salir al balcón para oírlos gorjear. Quiere notar la brisa en la cara y disfrutar del silencio y el reposo del mediodía, pero esa última frase del correo de Cristina le ha dejado sin aliento.

Sí, la nueva identidad le otorga poder, pero también le revuelve los sentimientos, más aún cuando sabe que la traición está cerca. «Hija de puta». Se sorprende pronunciando en voz alta estas palabras después de releer la última línea del correo, pero sonríe cuando se da cuenta de que todo es mentira, de que el gran amor de su esposa no existe. «Que se joda». Jorge se mete tanto en su papel que a veces se le olvida. «Hija de puta», vuelve a pronunciar. Pero en ese momento le llega un wasap de un número desconocido. Y al leer las primeras palabras, sonríe.

La muy zorra de tu amiga Ka me ha dado tu número
Me llamo Gloria. ¿Quieres ser mi amigo? :P

Jajaja… ¡Nada me puede hacer más feliz!

Pues anótate este número y borra el de la zorra,
porque pronto dejará de funcionar

¿Ya estás en Barcelona?

Sí, desde ayer por la noche,
y lista para la jubilación

Te mereces, aunque me
fastidie, perder a tu amiga Ka

Jajaja…, acabo de recordar que me
ha dejado un recado para ti ☺

¿Cuál?

No sé qué lío con tu mujer.
Que si la convences te hará el favor de
instruirla o no sé qué… Ja, ja, ja.
Que todo lo que te propuso sigue en pie

Pues la verdad es que las cosas han
cambiado mucho y ya no me atrevo
a descartarlo

¿Y eso?

Cosas.

Cuánto misterio… ¿A que llamo a mi amiga
y te saca los secretitos a latigazos?

Mmm… ¡Me encantaría!

¡Jorge, que la zorra ya no está!
Soy Gloria, ¡¡joder!

Jajaja… Es culpa tuya,
que me chinchas

Encima… Nada, niño, te dejo…
Apunta mi número. Y cuídate mucho, plis

Un beso, preciosa

Otro ☺

Jorge ha reflexionado profundamente sobre lo que ocurrió
ayer cuando llegó del aeropuerto. Baraja dos hipótesis, aunque puede que ambas sean válidas. La primera es que Cristina se le ofreció por primera vez en la vida porque los correos
con Edu la habían puesto cachonda. La segunda es que lo
hizo porque se sentía mal, culpable. Pero lo cierto es que
ocupando el lugar de EW lo consigue todo: deseo y amor.
Ella nunca le había dirigido, en toda su vida, ni una sola palabra de esas que le manda a Edu. Esas frases tan llenas de
romanticismo y cariño. Tampoco nunca se había entregado a
él con la pasión con que le recibió tras el rastro de pétalos de
rosa. Cristina nunca lo había hecho. Jorge ha conseguido lo
mejor de Cristina gracias a EW, pero es todo mentira, como
su papel.
Se da cuenta ahí, en la soledad de su lugar de trabajo, de
que, cuando EW se retira y lo deja solo, él sucumbe a la

traición y al engaño. Y los destrozos que eso provoca en su interior son profundos... Siente que todo esto va a hacerle mucho daño. Toda una vida casado con una mujer enamorada de su mejor amigo parece el argumento de la peor de las novelas rosas de Corín Tellado. Una pesadilla. Algo que, por otro lado, es tan evidente que lo deja como un auténtico idiota por haberse tragado que todo era fruto de una fantasía sexual.

Unos pasos se detienen al otro lado del pasillo y él ya sabe que es Concha, su secretaria. Reconoce el taconeo y también el tamborileo de los nudillos llamando con cautela a la puerta. Jorge cruza el despacho y abre.

—Señor Guzmán, ¿no baja a comer? ¿Prefiere que se lo suba?

—Podías haberme llamado, no hacía falta que te molestaras en subir.

—No es ninguna molestia.

—No tengo hambre, creo que me iré a casa...

—Muy bien, señor Guzmán.

Concha se despide con una leve reverencia y una sonrisa, se da la vuelta y se va. Jorge la observa enfundada en la falda de tubo gris del uniforme que resalta su trasero y piensa si mirar un culo bonito es algo normal o le convierte en un machista o en un pervertido. Últimamente se sorprende con este tipo de reflexiones y piensa que Cristina seguro que se lo miraría a Edu, y que, si ella lo hace y no está mal, tampoco importará que él haga lo mismo con el de Concha. Otra cosa sería usar su poder y su nombre para acostarse con ella. Más o menos por eso se casó Cristina con él, pero con su consentimiento. También él la eligió porque no había visto en su vida una mujer que estuviera tan buena, que fuese tan guapa. Ambos se sedujeron con las armas que tenían al alcance para conseguir lo que más querían y, por lo tanto, no puede reprocharle nada a Cristina porque él hizo lo mismo.

Jorge vuelve a su mesa, enciende la pantalla de su portátil y relee esa última maldita frase, el aguijón envenenado… «No, quiero comprobar si seré capaz de pasar el resto de mi vida sin estar a tu lado. Te quiero». «Hija de puta», piensa. Y le sale del alma.

21

Desde la amplia terraza flotante en forma de alero de La Habana, encima de la piscina, puede verse La Punta Yacht Club: el recorrido de farolas amarillas, como columnas, hasta el rompeolas; el faro latiendo sin descanso y las luces lejanas de las embarcaciones que surcan el Atlántico. En el silencio de la noche se escucha también el tintineo de los mástiles de los veleros y el ir y venir del mar.

Jorge abarca con la mirada todo este paisaje y también los sonidos desde su hogar. Lleva sus viejas bermudas de los Chicago Bulls y una camiseta ajustada Levi's que solo se atreve a lucir cuando pierde peso. Las ganas de ponérsela pueden más que el resultado, ya que alrededor de su cintura se vislumbra un flotador. En su tumbona levemente inclinada mira las estrellas con una copa de Lagavulin en la mano mientras Cristina acuesta a Júnior. Hoy le toca a ella. Una noche él, una noche ella. Al pequeño le encanta que le cuenten historias y no que le lean cuentos. Ella es más creativa, tanto que muchas noches es el propio Júnior quien se duerme contándole a su padre las historias que la noche anterior se ha inventado su madre. Jorge no sabe de dónde saca ella tanta imaginación. Supone que de las novelas que lee. Cuando le asalta esa reflexión, se promete que lo hará, que leerá, pero nunca tiene tiempo.

—¿No crees que últimamente bebes demasiado?

Cristina lo rodea por detrás, le acaricia el pelo y le besa en el cuello. Luego acerca una tumbona a su lado y se sienta junto a él.

—Estaba pensando lo mismo —se sincera, y mueve la copa en círculos.

El olor ahumado de la turba se dispersa por el aire. Ella lleva una camiseta blanca de Jorge que no cubre sus rodillas y unas bragas, nada más. Luce las piernas estirándolas, como si quisiera alcanzar la luna, y él las acaricia por puro instinto. Es incapaz de tenerlas cerca y no tocarlas. El tacto de la piel de Cristina es algo adictivo; ella es adictiva. Jorge sería incapaz de perderla. Si lo de Edu fuera real y Cris acabara a su lado, se mataría. Pero por suerte no lo es y, cuando se da cuenta de cómo le brillan los ojos a ella mientras cuenta las estrellas, le sorprende un impulso poderoso y soberbio. Jorge reconoce perfectamente qué esconde tras la oscuridad de la noche y sabe que no visita nada más que el correo que él está escribiendo, que el gran secreto que ella guarda tras esos ojillos traviesos no es más que un escenario que se ha inventado él. Lo de usar la imaginación no es solo una cualidad exclusiva de su mujer.

—Lo de ayer estuvo fantástico, Cris.

Ella se gira, lo mira y sonríe.

—Me apetecía probar algo diferente.

—Es bueno probar cosas distintas, y más ahora si el juego con Edu desaparece.

Cris sonríe en silencio y engreída.

—Lo de Edu nos ha dado mucho tema, no creo que nunca nadie haya sacado tanto partido a un polvo, Jorge... ¡Diez años!

Se carcajean juntos; Cris le coge una mano y la reposa en su regazo. Él, con un dedo, le acaricia los alrededores de las bragas y suspira.

—Es que somos raros, cariño.

Jorge aprovecha las carcajadas para regodearse en el momento y Cristina repara en que acaba de usar la misma palabra con la que los ha definido Edu, pero no le da más importancia. Piensa que es pura casualidad. Una luz más azulada que las estrellas las adelanta y Cristina señala con el dedo el extraño fenómeno.

—¿Un satélite?

—Supongo... Oye, Cris... Esto que hablábamos de probar cosas diferentes si lo de Edu ya deja de funcionar...

—¡Qué miedo me das! —le corta.

—No, no, escucha... Ya sabes que a mí me va el sado...

—¡Nooo! —Se troncha de la risa.

—Sí, lo sabes... No hay nada que me excite más que me retuerzas los pezones hasta hacerme chillar y que me humilles deseando a otro hombre, que me obligues a pasar semanas sin correrme y esas cosas... Hemos estado así todos estos años y nos ha ido bien, ¿verdad?

Jorge roza el vello más íntimo de Cris pasando el meñique por debajo de las bragas.

—Sí, nos va bien. Me encanta excitarte, ya lo sabes...

—¿Y humillarme? ¿Te gusta?

—¿Me lo preguntas?

Cristina sonríe y recorre con la punta de la lengua sus labios, pícara. Nota que a Jorge le está costando soltar lo que sea... y lo incita:

—¿Qué me quieres proponer?

—Te parecerá una locura...

—¡Qué miedo! —lo vuelve a cortar.

—Verás...

—Al grano, Jorge...

—Hoy estaba mirando por internet páginas de sado...

—O sea, que aprovechamos las horas de oficina para ver porno... ¿Eso lo sabe tu padre?

—Va, Cris, déjame contártelo, que me está costando. —Se miran y ella asiente para invitarlo a continuar—. Verás, he estado visitando varias webs de *mistresses*...

—¿De qué?

—*Mistresses*..., amas de sado, mujeres vestidas de cuero, ya sabes...

—¡Ah!, hijo, qué argot... Sigue, sigue, que me tienes en ascuas.

—He encontrado a una, *mistress* Ka, o algo así, que ofrece un servicio muy interesante: instrucción para parejas.

—No te entiendo, Jorge, la palabra «pareja» ya sé que me incluye a mí, pero lo de la instrucción... Qué coño tengo yo que ver con la Ka esa... No.

—Verás, iríamos a Barcelona, que es donde ella tiene su estudio, y te instruiría, te enseñaría cómo tienes que dominarme.

—Pero, Jorge, no necesito que nadie me enseñe a dominarte, llevas toda tu vida a mis pies...

Se ríe sonoramente y, tras unos segundos, él aprovecha para reírse también, pero sigue contándole:

—Es una profesional. Te enseñaría cómo azotarme y todas las técnicas de sumisión que usan las amas del sado. Puede ser divertido, ¿no?

—Pero quién te daría, ¿ella o yo?

—Tú, por supuesto, ella actuaría de maestra...

—La maestra del látigo... Jajaja... Oye, Jorge, no es que seamos raros, es que estamos fatal.

Las carcajadas se mezclan de nuevo y Jorge siente el impulso de saborear un profundo trago de su copa. Respira antes, cierra los ojos y no se acaba de creer la fuerza de su nuevo personaje. Cristina está a un paso del sí y más simpática y alegre que nunca.

—¿Y dices que eso sería en Barcelona? —interroga ella.

Jorge no se lo espera, alucina; no hará falta ni convencerla. Por eso aprovecha el momento para dejarlo zanjado antes de que se eche atrás.

—Mira, si quieres podemos pasar el fin de semana en Barcelona, te gustará, y el domingo por la tarde nos volvemos… ¿Qué? ¿Lo hacemos?

Cristina finge concentración, se coge la barbilla y asiente repetidamente, como si de pronto hubiera salido a la luz lo que lleva mucho tiempo tramando.

—Justo yo tenía que contarte algo.

—No me asustes —la corta ahora él.

—No, no, no es nada malo y, mira por dónde, lo de Barcelona me irá la mar de bien para no ir despilfarrando en vuelos… Tengo pendiente una reunión con Isabel en Madrid.

—¿Isabel? —Jorge no ubica en ningún ámbito a la tal Isabel.

—Sí, la de los gyms para mujeres. Si ya te he hablado de ella un millón de veces, lo que pasa es que nunca me escuchas…

—Ah, sí, sí… Tienes razón.

De repente comprende que las coartadas se acaban de cruzar y que su poder, el de EW, crece exponencialmente como un alud de nieve. Se le graba una cínica sonrisa en el rostro, como una sombra malvada.

—Pues vale, Jorge, nos vamos a ver a la Ka esa, pasamos el finde en Barcelona, tú te vuelves a Las Palmas el domingo por la tarde y yo organizo mi encuentro con Isabel desde la península y me ahorro un vuelo. ¿Te parece?

—Es un plan genial. Mañana mismo contacto con ella a ver si le va bien…

—Perfecto, yo me espero a que confirmes antes de hablar con Isabel, y prepárate, que te voy a dar de lo lindo.

—¿Ah, sí?

—Sí… —Cris sonríe, como cuando Jorge la retrata para Edu. Se baja las bragas hasta las rodillas, abre levemente los muslos, igual que le ha dicho a Edu que piensa hacer en Stuttgart, y luego le ordena—: ¡Cómeme!

22

Jorge llega al Santa Catalina temprano. Ha pasado mala noche, las cenas que acaban en la terraza con un whisky en la mano y mirando las estrellas le sientan fatal. Cristina se lo recordó ayer por primera vez en su vida. «¿No crees que últimamente bebes demasiado?», le dijo. Él también lleva reprochándoselo a sí mismo desde hace tiempo. Antes las copas eran el colofón de cenas o comidas importantes, tanto de negocios como familiares, pero ahora Jorge se ha agarrado a la bebida como válvula de escape. Ese papel bipolar que le toca representar para conservar no solo su matrimonio, sino también esa felicidad y apetito sexual que ha provocado en su mujer, lo consume en las horas bajas, cuando se debate entre contarle la verdad o dejar que el tiempo pase y lo borre todo.

Pero ¿cuál es el camino adecuado? ¿Qué decidir? ¿Cuáles serían las reacciones que provocaría esa verdad? Además, sabe que, si reconoce que es consciente de vivir con una mujer enamorada de otro, de su mejor amigo, su dignidad le obligaría a actuar en su contra y dejarla. Porque de eso ya no le queda ninguna duda: él no quiere dejar a Cristina. Su esposa posee un extraño influjo que le atrapa. Jorge sabe que la venera como a una diosa y que es su naturaleza sumisa lo que lo provoca todo. Que Cristina lo humille estando enamorada de Edu le excita, aunque tal vez le excite más todavía porque sabe que todo es mentira. Una mentira que lleva años construyendo para provocar que los ojos de su esposa brillen de deseo. Una mentira que con el nuevo personaje ha llegado hasta un punto álgido.

—Buenos días a todos.

Concha, la secretaria, sale del garito ubicado detrás de la recepción al oír su voz saludando a los empleados de turno. Jorge observa su uniforme: la camisa a rayas oscura con un par de botones desabrochados, el nombre en una placa sobre el pecho y la falda gris de tubo que solo intuye porque está todavía detrás del mostrador, justo al lado del timbre. Apoya una mano junto a él y Jorge se distrae con su manicura.

—Buenos días, señor Guzmán.

—Me encantan tus uñas, Concha, ese rojo tan chillón.

Ella levanta el brazo y gira la mano hacia sí, como si no recordara qué color se ha puesto.

—Me lo hago yo misma; le parecerá una tontería, pero para mí pintármelas es como meditar.

—No, para nada… Todos tenemos una actividad que nos hace desconectar.

Concha siente el impulso de preguntarle cuál es la suya, pero recuerda a tiempo que, si bien el señor Guzmán es una persona educada y abierta con sus empleados, no invita a las confidencias ni a ese trato más moderno y de equipo que enseñan en los másteres de dirección.

—¿Quiere que repasemos la agenda? —Retira la anterior idea de su cabeza, como quien se quita de encima un abejorro de un manotazo, y entra directa en el orden del día.

—No, Concha, pasaré la mañana encerrado en mi despacho intentando resolver un tema complicado. Anúlalo todo, por favor, y reubica… Tampoco me pases llamadas.

—De acuerdo, señor Guzmán.

Concha sonríe y asiente con un gesto reverente. Él ya no la mira, se ha dado la vuelta y sube por las escaleras que conducen a su despacho. Le encanta ese olor a limpio que se escapa cada mañana cuando abre la puerta, la luz solar que ilumina los espacios porque tiene ordenado que dejen las persianas abiertas cuando le hacen la habitación, ese silencio inalterable que lo espera dentro.

Cruza el salón de reuniones, entra en el despacho, deja el maletín sobre la mesa, se acerca a la ventana y comprueba que ya está todo dispuesto tal y como él espera: las palmeras, el chiringuito, las sombrillas aún plegadas, la piscina, las hamacas, los gorriones, alguna gaviota atrevida, un chico barriendo al ritmo de la música de sus cascos…

Se acerca a la Nespresso, se prepara un kazaar con leche, lo lleva a su mesa y enciende el ordenador. Cristina se ha levantado al mismo tiempo que él, han tomado el primer café del día juntos en la cocina y le ha contado que dedicaría la mañana a mirar en internet gimnasios de mujeres en Barcelona para visitarlos si finalmente a Ka le iba bien quedar. También que contactaría con Isabel para ir cerrando fechas en cuanto él supiera lo de la *mistress* esa. Se lo ha dicho en un tono burlón, después le ha pedido que la avisara cuanto antes para agilizar el tema. Pero con Ka ya está todo hablado, lo hizo ayer por la noche mientras Cristina estaba en el baño. Con un simple cruce de mensajes ya se pusieron de acuerdo. Comprueba la hora en el Rolex, desbloquea la pantalla del móvil, abre WhatsApp y decide que ya ha llegado el momento de poner el plan en marcha.

Cris, preciosa, acabo de hablar con Ka
Parece maja, educada y culta
Nos espera el sábado a las cinco de la tarde en su estudio
Ya pillo vuelo y hotel ☺

Genial, Jorge… ¿Tan temprano?
Tienes prisa, ¿eh? Jajaja
¿Es maja? ¿Sí?
Bueno, si vemos que es muy chunga
nos largamos y aprovechamos
para pasar el finde en Barcelona
También es buen plan

Me ha dado muy buena impresión
Me ha dicho que antes nos sentaremos
a tomar algo y hablar para conocernos
En serio, parece muy profesional

Supongo que formará parte de eso
que llaman escorts de lujo o call girls
Son personas con estudios y cultura

Es algo más que eso
Las relaciones BDSM no se consideran sexo,
porque ama y esclavo nunca mantienen relaciones
sexuales

Oye, tú pareces todo un experto, ¿eh?

Internet es una enciclopedia, cariño
No sufras. ¿Tú crees que alguien que se
pueda acostar con una mujer como tú
necesita algo más, y encima pagando?

Sinceramente espero que no o te mato ☹

Te dejo, cariño, que tengo la agenda llena
Ahora le diré a Concha que nos pille vuelos y hotel
¿Salimos el viernes y cenamos en Barcelona?

Perfecto, ¿sabes si juega el Barça?
Me encantaría ir al Camp Nou

Cristina, que la liga ya se ha acabado…
¡Estamos en junio!
Y, por cierto, yo no pongo un pie ahí ni muerto

¡Merengón!

Va, te dejo… Smuakis…
(Esta noche más y donde más te gustan) ☺

Mmm. Los estaré esperando…, aunque tú,
por supuesto, seguirás sin correrte ☺

Los tendrás como anoche y aguantaré
sin correrme todo el tiempo que me ordenes ☺

Te dejo, gordi, voy a aprovechar el día
y a programarlo todo. A ver si puedo quedar con Isabel
Ciao 😙

😙

Jorge abre el balcón y se apoya en la barandilla. Una madre
y una niña de la edad de Júnior, unos seis o siete años más o
menos, ocupan una hamaca al otro lado de la piscina. Un empleado disciplinado se les acerca y él se imagina que le pregunta a la señora si quiere que le abra la sombrilla. La niña aprovecha la situación, corre hacia la piscina infantil y su madre
la detiene con un grito. Se llama Alba. Alba, fastidiada, se da la
vuelta y, con los brazos caídos, se planta delante de ella. Por
las palabras que caza, entiende que es de esas mujeres que
obligan a sus peques a esperar a bañarse durante un tiempo

prudencial después de las comidas. Su madre le hacía lo mismo. Alba, con los brazos cruzados y gesto enfurruñado, se tumba en la hamaca a su lado. El empleado ha regresado al chiringuito y un hombretón con aspecto alemán y sin camisa lo espera apoyado en la barra y sediento de alcohol. Apuesta a que va a pedir sangría. Los alemanes y los ingleses la toman a cualquier hora; pero no, se ha equivocado. Lo que pide es una cerveza de grifo. Cierra el ventanal, entra y se sienta delante del ordenador convencido de que Cristina ya ha tenido tiempo para ir preparando su agenda. No se equivoca.

De: Cristina Sureda <cris.sur.85@gmail.com>
Para: Eduard Weber <eduwebweb@yahoo.com>
Asunto: Stuttgart
2022-06-15 09:39

Buenos días, wapísssimo... La semana que viene me tienes allí, entre tus brazos, perdida e hipnotizada por tu mirada azul atlántico que me tiene loca desde la primera vez que me hechizó y me hiciste completamente tuya.

Cccc
(Es una C que tiene prisa por llegar a tu lado).

Jorge provoca un *impasse* razonable para gestionar un intercambio de *emails* que no levante sospechas. Baja al restaurante para servirse el desayuno en el bufé como un turista más y el chico imberbe que toma nota del número de habitación le corta el paso.

—Buenos días, señor... ¿Ha descansado bien?

—Perfectamente —le responde siguiéndole la corriente al darse cuenta de que no lo reconoce—. ¿Y tú?

—Oh, yo también, muchas gracias... ¿Sería tan amable de decirme su número de habitación?

—Verás... —Jorge lee el nombre del muchacho en su chapa—, Pedro, yo no tengo habitación en el hotel.

—¿Cómo?

Pedro, descolocado, mira alrededor por si alguien le echa un cable y, por suerte, Ana María, una camarera que ya lleva años en el establecimiento, se percata de la situación y corre en su auxilio.

—Buenos días, señor Guzmán —le saluda con toda su gracia—. ¿Hoy va a desayunar en el bufé? Pase, pase…

Pedro, cuando entiende lo que acaba de ocurrir, se avergüenza tanto que su rostro es como la paleta de un pintor donde se mezclan todos los colores.

—Perdone, señor, perdone… Yo…

—No te preocupes, Pedro, no voy colgando retratos míos por las paredes como un emperador para que todo el mundo me reconozca.

—Lo siento —oye decir al muchacho mientras sigue a Ana María, que lo acompaña a una mesa.

—¿Qué le apetece, señor Guzmán? Ya se lo sirvo…

—No, no te preocupes, quiero hacerlo yo mismo y así compruebo que todo está en orden.

—Por supuesto.

Media hora más tarde, vuelve a su despacho y responde al *email*. Lo ha pasado bien imaginándose a Cristina sin parar de mirar el buzón del correo.

De: Eduard Weber <eduwebweb@yahoo.com>
Para: Cristina Sureda <cris.sur.85@gmail.com>
Asunto: RE: Stuttgart
2022-06-15 10:10

¡¡¡Pibonazo!!! No me lo puedo creer. Pero cuenta, ¿qué ha ocurrido? ¿Cómo te lo has montado? ¿Cuándo vienes? ¿Hasta cuándo? No me lo acabo de creer… Me acabas de hacer la persona más feliz del mundo 😊.

EW

De: Cristina Sureda <cris.sur.85@gmail.com>
Para: Eduard Weber <eduwebweb@yahoo.com>
Asunto: RE: Stuttgart
2022-06-15 10:21

Ha sido un cúmulo de casualidades que me han servido el viaje en bandeja. A Jorge se le ha ocurrido invitarme a pasar el fin de semana en Barcelona y yo le he dicho que podía aprovechar el viaje y quedarme unos días más para visitar gimnasios de mujeres y luego citarme con Isabel en Madrid. Isabel es la tía que dirige una cadena de gyms, no recuerdo si te lo he contado, y que, seguramente, me concederá una franquicia.
Le he dicho que tenía una reunión pendiente con ella y que, si volaba directamente desde Barcelona, me ahorraba un vuelo y le ha parecido bien. Edu, es la primera vez en mi vida que voy a hacer algo así. Me parece increíble el poder que ejerces sobre mí... Me tienes loquita, muy loquita...

Ce

De: Eduard Weber <eduwebweb@yahoo.com>
Para: Cristina Sureda <cris.sur.85@gmail.com>
Asunto: RE: Stuttgart
2022-06-15 10:23

Yo estoy igual. Me caso con Silvia para poder olvidarte, ya lo sabes. Pero me engaño a mí mismo... Nunca te olvidaré, es imposible. Eres mi vida, mi aire, mi oxígeno, mi todo... Regalémonos estos días para estar juntos, que es más, mucho más de lo que nunca hemos tenido, y el tiempo dirá...
Sabes que es muy peligroso lo que vamos a hacer, ¿verdad? ¿Sabes que si nos encontramos y nuestros corazones hablan puede que no haya marcha atrás? ¿Eres consciente del peligro?

EW

De: Cristina Sureda <cris.sur.85@gmail.com>
Para: Eduard Weber <eduwebweb@yahoo.com>
Asunto: RE: Stuttgart
2022-06-15 10:26

Sí, lo soy y por eso hago este viaje, ya te lo dije, recuerda...
No voy solo a follar contigo, aunque también voy a hacerlo y
mucho... Voy para saber si soy capaz de pasar el resto de mi
vida alejada de ti.

Ce
(¿Te gusta que firme así? No se lee CE como tu EW, se lee «Ce»,
supongo que el señor EW se ha enterado, ¿no?).

De: Eduard Weber <eduwebweb@yahoo.com>
Para: Cristina Sureda <cris.sur.85@gmail.com>
Asunto: RE: Stuttgart
2022-06-15 10:27

Hola, Ce 😊:

Sí, me encanta que firmes así, y tus notitas al firmar también,
pero lo que más me encanta es tu sinceridad. Creo que nos la
debemos... Y, si no eres capaz de pasar el resto de tu vida
alejada de mí, ¿entonces qué? ¿Le dejarás? Esto lo tendríamos
que tener claro antes de dar un paso más.

EW

De: Cristina Sureda <cris.sur.85@gmail.com>
Para: Eduard Weber <eduwebweb@yahoo.com>
Asunto: RE: Stuttgart
2022-06-15 10:30

Me tiemblan las piernas, se me aceleran las pulsaciones..., y no
es una forma de hablar. Me encantaría que estuvieras a mi lado
para que lo pudieras comprobar, que posaras la palma de tu
mano sobre mi pecho y escucharas cómo me late el corazón
ahora mismo.

Sí, si ocurre eso, le dejaré. Sabes que lo haré. Pero ¿y tú? ¿Te atreverás o huirás de mí sin despedirte, como la última vez?

C
(Ahora es una ce minúscula porque tengo mucho miedo).

De: Eduard Weber <eduwebweb@yahoo.com>
Para: Cristina Sureda <cris.sur.85@gmail.com>
Asunto: RE: Stuttgart
2022-06-15 10:33

De eso hace diez años, Cris, y ya es el momento de dejarlo atrás, ¿no crees?
Y sí, a mí también se me disparan las pulsaciones por lo que te voy a decir... Yo lo anularé todo para estar contigo. Eres mi sueño. Si descubres que yo soy el tuyo, soñaremos juntos todo lo que nos queda de vida.

Te lo prometo porque te quiero.

EW

De: Cristina Sureda <cris.sur.85@gmail.com>
Para: Eduard Weber <eduwebweb@yahoo.com>
Asunto: RE: Stuttgart
2022-06-15 10:35

Estoy llorando de felicidad, Edu.
Te quiero. 🐚

Cristina
(Soy tan feliz que quiero mostrarme entera).

De: Eduard Weber <eduwebweb@yahoo.com>
Para: Cristina Sureda <cris.sur.85@gmail.com>
Asunto: RE: Stuttgart
2022-06-15 10:37

Parecemos dos jóvenes enamorados; bueno, es lo que somos, ¿no? 😊
¿Ya tienes el vuelo? Necesito las fechas y los horarios para buscarte un hotel y cuadrar mi agenda. También para inventarme una excusa para Silvia 😊.

De: Cristina Sureda <cris.sur.85@gmail.com>
Para: Eduard Weber <eduwebweb@yahoo.com>
Asunto: RE: Stuttgart
2022-06-15 10:39

No, antes necesito saber cuándo volverá Jorge a Las Palmas. Supongo que el domingo por la noche o el lunes. También tengo que abrirme una cuenta que él no controle y comprar los billetes desde allí, pero mi idea es viajar el martes, por si acaso se le ocurre quedarse conmigo hasta el lunes y regresar el viernes haciendo escala en Madrid. Así, si me viene a buscar al aeropuerto, mi coartada será perfecta.

C
(Solo C. Se me acaban los recursos).

De: Eduard Weber <eduwebweb@yahoo.com>
Para: Cristina Sureda <cris.sur.85@gmail.com>
Asunto: RE: Stuttgart
2022-06-15 10:40

Eres una auténtica profesional, Cristina. Deja que tome nota para cuando vivamos juntos, porque no voy a dejarte a solas ni un solo minuto... Jajaja.

EW
(Oye, esfuérzate con la firma, que ya me tenías acostumbrado, gandulilla mía).

De: Cristina Sureda <cris.sur.85@gmail.com>
Para: Eduard Weber <eduwebweb@yahoo.com>
Asunto: RE: Stuttgart
2022-06-15 10:41

Si acabamos viviendo juntos, no sufras, porque me veo incapaz de separarme de ti ni un solo instante.
Ya nos hemos perdido demasiado.

CeCeCeCeCeCeCe
(Así, que reboten en tu cerebro, porque ahí me instalaré y nunca lograrás echarme).

De: Eduard Weber <eduwebweb@yahoo.com>
Para: Cristina Sureda <cris.sur.85@gmail.com>
Asunto: RE: Stuttgart
2022-06-15 10:44

Ya estás ahí, Ce.

EW

De: Cristina Sureda <cris.sur.85@gmail.com>
Para: Eduard Weber <eduwebweb@yahoo.com>
Asunto: RE: Stuttgart
2022-06-15 10:44

Te dejo, que voy a empezar a tramitarlo todo... Cuenta de banco nueva, vuelos, escalas... Esto de ser infiel y tener un amante en Stuttgart complica mucho la vida... Jajaja.

C
(De Casi en tus brazos).

P. D.: Cuando tenga horarios posibles de los vuelos, te los paso antes de comprar los billetes, ¿ok?

Te resultará más fácil cuando deje de ser tu amante y te vengas a vivir aquí. ☺
Espero tus noticias.

Te quiero.

EW

23

Gloria cierra la taquilla del vestidor, taconea sobre el parqué de la *dungeon* y observa a Ka en un espejo. La sala está llena de ellos para que los esclavos vean cómo los veja, además de sentirlo. A Jorge le encantan sus piernas, es un fetichista de las piernas, por eso ha elegido unas sandalias de tacón y tiras de cordón que le envuelven los tobillos y un bodi de cuero escotado y ajustado que muestra sus piernas desde la cintura. Todo a conjunto, brillante y negro. Las uñas de pies y manos rojas como el fuego. El pelo recogido en un moño alto, una ligera sombra de ojos y carmín en los labios.

Se mira al espejo, pero no sonríe como siempre que termina su transformación. Ya no se gusta. Preferiría usar máscara o capucha, ocultar las arrugas del cuello, las ojeras, las patas de gallo, el escote caído… Sabe que pronto perderá de vista a esa zorra, que esa es una de las últimas *performances* en las que actuará, y no logra descifrar si se siente libre o presa. Tiene dinero ahorrado de sobra y repartido por distintos paraísos fiscales para no preocuparse de nada, pero, ahora que ha llegado el momento de gastarlo, no le seduce tanto como cuando lo estaba planeando.

Jorge y Cristina no tardarán en llegar; a ella solo la ha visto una vez, en una foto. La recuerda preciosa, tanto como para provocarle unos celos extraños. ¿Celos por qué? Ella nunca ha tenido una pareja estable, nunca ha sentido amor y sabe que es por culpa de la otra. Nunca hasta ahora había logrado desprenderse del parásito que le ha jodido la vida entera. Se siente extraña porque está segura de que con Jorge nunca ha existido ese algo más que despertara otros sentimientos. Jamás. Solo amistad. Pero ¿por qué se puso celosa cuando le enseñó a su mujer?

La hora en el reloj de pared la avisa de que ya falta muy poco; se cubre con una bata de seda perlada y sube por las escaleras de caracol, provocando esa estudiada y melódica percusión, esa música que hace que los sumisos caigan rendidos a sus pies. Aunque esté sola, como ahora, le encanta reproducirla. Cruza la sala de castigos, pasa por delante de la cruz de san Andrés, recorre los escasos metros de pasillo y, cuando va a sentarse en la salita del recibidor, suena el timbre. Sonríe, esta vez sí, porque sabe que Jorge es de los que llegan siempre unos minutos antes. Una vez, para castigar su puntual impuntualidad, lo obligó a esperar cinco minutos de rodillas en la calle. Ella se escondió detrás de la puerta. La *dungeon* está en una planta baja de un callejón estrecho, sombrío y húmedo, cerca de la plaça de Gal·la Placídia, en el barrio de Gràcia, y aún recuerda a esa señora que se detuvo para preguntarle si se encontraba bien y la respuesta, bárbara, espontánea y brillante de Jorge: «Sí, no se preocupe, solo estoy rezando».

Ka abre la puerta y contempla el mismo rostro bello de la foto, joven e inmaculado, que le sonríe desde el umbral. Una fuerte impresión, mucho más fuerte que la que sintió la primera vez que la vio en aquella imagen congelada, la recorre de arriba abajo. Cristina es algo más que una mujer hermosa: es un animal salvaje y seductor.

—¿Ka? —pregunta Jorge fingiendo.

—Yo misma… Os estaba esperando, pasad. —Se retira detrás del ángulo que deja la hoja de la puerta abierta y con un gesto los invita a entrar.

—Yo soy Cris —pronuncia ella sin atreverse a saludarla con los dos besos de rigor, a la española.

Ka se ha mostrado fría, la ha mirado sin sonreír y Cris siente que no es buena idea, que es mejor pararlo a tiempo, que ya tiene lo que quería, la primera escala para volar hasta Edu, y que esta situación va a resultar más incómoda de lo que se podía imaginar. Piensa todo eso de camino a la salita mientras sigue a la *mistress*. Es un espacio pequeño con dos sofás de dos plazas frente a frente y una mesita baja en medio con un bloc abierto y un bolígrafo a punto. Ka, la primera vez, siempre realiza un test para valorar el nivel de sumisión de los esclavos, las preferencias y los límites. Cris y Jorge se sientan de costado y él, cuando lo hace Ka, recuerda su primer día, cómo le dominó desde ese mismo instante cruzando las piernas a lo Sharon Stone mientras le preguntaba por sus fantasías, ahí sentada como está ahora. Por eso, aunque Cris trata de llamar su atención, él, absorto en su viaje, no se da cuenta.

—¿Qué queréis tomar? ¿Café, té, una copa, un refresco?

—No te preocupes, no hace falta —contesta Jorge más nervioso que nunca.

—Es normal que os sintáis extraños, con nervios y tensos, pero tranquilos, no muerdo. —Ka sonríe por fin—. No vamos a hacer nada que no nos apetezca.

—Pues yo —interrumpe Cris— sí que me tomaría un café.

—¿Solo? ¿Cortado? ¿Con leche? ¿Largo? ¿Corto? —Ka suelta una carcajada y añade—: Esto es mejor que un bar, ya lo ves.

Ka ha logrado suavizar esa primera mala impresión que se ha llevado Cris, pero no la decisión de pedirle a Jorge que salgan volando de allí. Por eso ha pedido el café, para quedarse a solas con él. Ka se levanta y le asoma un muslo por la raja de la bata. Jorge, hipnotizado, se fija, y ella, que lo ha hecho adrede, le sonríe con picardía y complicidad.

—Cortado, por favor —pide Cris con un tono dulce.

—Y tú… —Finge concentrarse para recordar su nombre—, ¡Jorge! ¿De verdad no quieres nada?

—Va, ya que te levantas, uno largo con leche, gracias.

Ka se dirige a la cocina y no se quita a Cris de la cabeza. Con unos tejanos ajustados y una camisa blanca con tres botones desabrochados, esa mujer luce una silueta y una belleza tan exuberante que la mata de envidia. Siente más rabia que celos y, como les pasa a muchos, a casi todos, piensa que tiene delante a una cazafortunas con carrera y doctorado. De ninguna otra manera esa mujer de pasarela podría estar con alguien como él. Si Ka tuviese ese cuerpo, esas curvas, ese escote, esa juventud, esa mirada, se convertiría en el ama de sado más famosa, cotizada y cara del planeta. Prepara los cafés mecánicamente mientras piensa en eso, ajena a que, a pocos metros de distancia, esa mujer tan hermosa que la ha hechizado le acaba de pedir a Jorge que le pague y se marchen.

—Pero al menos hablemos con ella…, ¿no? —Jorge se desespera.

—Me siento incómoda. Por favor, no trates de convencerme.

—Precisamente por eso vamos a hablar, para exponer lo que sentimos, lo que nos incomoda, para congeniar…

—No puedo, Jorge, no puedo…

Cris está totalmente convencida de que ese espacio no es su lugar. Jorge le toma una mano y la acaricia.

—No te voy a forzar a nada. ¡Por supuesto! Pero, ya que estamos aquí, hablemos con ella, ¿no? Mira, ahora cuando vuelva, le explicamos que has entrado en pánico y que te quieres ir, seguro que no es la primera vez que le ocurre y sabrá cómo manejar la situación.

Ka, haciendo equilibrios con una bandeja, entra en la salita sin dejarle a Cris tiempo para contestar. Jorge, galante, se levanta y la ayuda. Es un juego de café de porcelana china de tono rosado, decoración de dragón y un hilo dorado en el borde superior. Tres tazas, una jarrita con leche y un azucarero.

—Qué silencio… —pronuncia el ama después de volver al sofá con una de las tazas en la mano.

Jorge mira a Cris y ella se muerde los labios.

—Tienes miedo, ¿verdad?

Ella asiente y él trata de suavizar la situación.

—Le he dicho que seguro que has vivido mil situaciones como esta, ¿verdad?

Ka remueve el contenido de la taza con la cucharilla, se la acerca a los labios, sorbe, luego la deja en la mesita, sobre la bandeja, se acomoda en el sofá y Jorge siente el deseo, casi irreprimible, de arrodillarse a sus pies. Conoce a la perfección esas sandalias de tiras, se fija en la pedicura rojo chillón, en los cordones que le rodean los tobillos como una serpiente y presiente esa agitación que le acelera la respiración justo antes de excitarse. Pero reacciona cuando la voz de Ka se dirige a su esposa:

—Cris, ¿de qué tienes miedo?

—No es miedo, es incomodidad.

—¿Has practicado alguna vez el sado con tu marido?

—No…

—No es del todo exacto, Cris… —Jorge interviene, pero no se atreve a contarlo todo.

Ka se levanta, rodea la mesita y se arrodilla delante de ella encajándose en el diminuto espacio que queda libre. Le acaricia levemente la rodilla y la mira a los ojos.

—No estás obligada a contarme lo que has hecho o has dejado de hacer con tu marido. Es tu vida privada. Es más, y esto te lo digo delante de él porque tiene que escucharlo: si simplemente estás aquí para complacerlo, es mejor que te vayas. Esto no funciona así.

—¿Qué quieres decir?

Cris no comprende adónde quiere llegar y Ka señala a Jorge y le indica que se levante para sentarse al lado de su mujer. Jorge obedece, se pone de pie y se acomoda en el otro sofá, enfrente de las dos mujeres. Ka ha cruzado las piernas para encararse mejor a Cristina y ella ha encogido las suyas, en una especie de gesto protector, porque el ama le ha tomado una mano y su contacto le ha producido un escalofrío que no sabe catalogar. No es deseo, nunca ha deseado a una mujer. Puede que haya reaccionado al recibir una muestra de cariño que no esperaba. No sabe exactamente lo que es, pero no la incomoda que le esté acariciando una mano. Tampoco que le hable, casi susurrándole, a escasos centímetros de la boca.

—Solo es verdadero cuando los dos lo sienten, Cristina —pronuncia la frase y le suelta la mano.

Cris no entiende nada.

—¿El qué?

—Todo, cualquier relación, sea la que sea, sea el sado o cualquier otra… Nunca debes hacer nada que no desees, y mucho menos si te molesta… No es verdadero… ¿No lo entiendes? —Como ella sigue concentrada mirándola, Ka continúa—: Nada funciona así, porque las relaciones, si solo son para complacer al otro, nunca acaban bien. La pregunta es muy simple… ¿A ti te apetece dominar, humillar, incluso azotar a tu marido? Sí o no. Es así de simple.

—No lo sé, y, en todo caso, no sé si es necesario que intervengas tú…

—Me estás dando la razón: estás aquí porque él te lo ha pedido…

—En parte sí —se sincera—, pero también he de reconocer que me gusta humillarlo.

—Entonces, sí habéis practicado sado… —Ka trata de analizar la contradicción.

—No de esta forma…

Cris no sabe explicarse y Jorge, midiendo sus palabras con temor, aclara qué quiere decir su mujer:

—Me gusta compartirla con otros hombres; a mí me excita y a ella también. A veces me arrodillo y le beso los pies, y también me pone que me retuerza los pezones y que me domine.

—¿Qué entiendes con eso de que te domine?

Ka se lo pregunta al mismo tiempo que, para calmarla, acaricia a Cristina por encima de los tejanos. Ella sigue sin comprender por qué le reconforta tanto su contacto.

—Que me mande, que me ordene… Por ejemplo, la otra noche en la terraza… —Calla súbitamente para pedirle permiso con la mirada y Cris asiente con suavidad—. La otra noche en la terraza, ella me ordenó que la besara entre las piernas y me encantó, a eso me refiero. Me lo ordenó, me exigió que le diera placer y luego para mí nada…

—¿Cómo que para ti nada? —Ka sonríe divertida.

—Me excita darle placer y que luego me castigue mandándome a la cama sin dejar que me corra.

A Ka se le escapa una carcajada y Cris se revuelve. Porque las anteriores palabras que Jorge ha pronunciado la torturan, porque no tolera que la *mistress* piense que es una puta que se acuesta con todos. Eso fue lo que le dijo a Edu la primera vez que se acostaron en casa y se lo llevó a la habitación. Le dejó bien claro que ella no era una cualquiera.

—Eso de compartirme con otros hombres, tal y como lo ha dicho Jorge, no es exacto. Solo pasó una vez y hace diez años… Pero ¿por qué te estoy contando esto? —Se agobia, se levanta de repente y dedica un gesto desesperado a Jorge que él reconoce de inmediato.

Cris ya no soporta más la situación.

—Lo siento, Ka. —Jorge se pone de pie y saca la cartera—. Te pagaré igual.

Ka también se levanta y lo detiene.

—No, por favor, no todo es dinero. Solo os pido una cosa, sobre todo a ti, Cris.

Ella la mira sorprendida y atenta.

—Dime…

El ama se acerca al bloc, anota un número, rompe la hoja y se la entrega.

—Llámame o envíame un wasap siempre que quieras, es mi número privado.

Jorge se anima ante ese último intento y como un corredor de fondo abre la boca y recupera el aliento.

—Cris va a estar sola unos días en Barcelona, yo me vuelvo mañana por la noche a Las Palmas…

—Es cierto, me comentaste que erais canarios… —Ka disimula como puede ante el desliz de Jorge. En teoría no tiene por qué saberlo.

—Sí. —Él se da cuenta y le sonríe aliviado—. Mi mujer tiene que atender unos negocios y estará unos días a solas. Si se lo piensa de nuevo, podríais veros, ¿verdad, Cris?

—No lo creo —contesta firme y con ganas de avanzar hacia la puerta—. Nada de esto tiene sentido, ha sido un error. —Entonces ablanda la expresión, dulce como una niña, y se dirige a Ka—: Lo siento, de verdad, te hemos hecho perder el tiempo. No pienses que tengo nada contra ti, simplemente no entiendo qué hacemos aquí y, sí, tienes razón, he venido para complacerlo y las cosas no funcionan así.

Entonces Ka la sorprende con dos besos, uno en cada mejilla, la acaricia rozándole los brazos por encima de la camisa, le sonríe y le dice:

—Me encantaría tomar un café contigo antes de que te vayas. Llámame, ¿vale?

—Puede que lo haga —le responde sincera sin saber muy bien por qué.

Por fin llega la tarde del domingo y un taxi negro y amarillo, patrimonio de la capital catalana, se lleva a Jorge al aeropuerto. Cris observa cómo se aleja por Les Rambles del Poblenou y al mismo tiempo siente unas irreprimibles ansias de saltar y gritar. Nunca había deseado tanto deshacerse de su marido. Lo tiene claro, más claro que nunca: si Edu quiere, se irá con él para siempre. Sube a su habitación volando y casi temblando de la emoción abre esa cuenta de correo que la lleva directa a la felicidad.

De: Cristina Sureda <cris.sur.85@gmail.com>
Para: Eduard Weber <eduwebweb@yahoo.com>
Asunto: Ya estoy sola
2022-06-19 18:04

Holaaa, wapísimo... Por fin estoy sola. Qué fin de semana sin dormir pensando en ti y comprobando el correo mil veces por segundo. Si Jorge no se da cuenta de nada es que es idiota... Jajaja... ¿Sabes si existe alguna manera de saltarse las horas y que sea martes ya? También me pregunto por qué no cancelo el vuelo y miro si hay billete para mañana... ¿Te parece? ¿Habrá problemas con la reserva de hotel si llego un día antes? Fui estúpida por esperarme a sus planes, pero es que Jorge es muy imprevisible y, hasta que no lo he visto subirse al taxi, no tenía nada claro que no quisiese cambiar el billete para pasar conmigo una noche más.

Imagino que estarás con ella, que es domingo, pero si puedes, dime algo, aunque solo sea buenas noches y que me quieres. Porque aún me quieres, ¿verdad? ☺

Ce
(Es una ce que está tan loca y desesperada que le encantaría ser bruja para salir volando en su escoba hacia ti).

De: Cristina Sureda <cris.sur.85@gmail.com>
Para: Eduard Weber <eduwebweb@yahoo.com>
Asunto: RE: Ya estoy sola
2022-06-19 23:42

Perdona, no quiero ser pesada; imagino que no me has leído o no has podido contestar. Yo miro el correo mil veces por segundo. Jorge acaba de aterrizar y eso ya me tranquiliza por completo. Soy tonta, ya lo sé, pero no estoy acostumbrada a dormir fuera de casa y temía que en cualquier momento llamara a la puerta de la habitación. Ni con el wasap que me ha enviado antes de despegar me he convencido de que por fin me dejaba a solas. La verdad es que estoy tentada de pedirle que me mande una foto del aeropuerto de Las Palmas para creérmelo, pero me parece que cantaría demasiado... Jajaja... He estado mirando la posibilidad de cambiar el vuelo y podría salir mañana a las tres de la tarde y llegar sobre las siete. No sé si trastocaría mucho tus planes, pero tendríamos una noche más. Por eso te he vuelto a escribir a riesgo de ser pesada, pero cuanto antes realice el cambio de billete, mejor.

Dime algo, plis.

Ce
(Ya lo sé, ahora es una ce pesada, pero qué le vamos a hacer si la tienes enamorada ☺).

De: Cristina Sureda <cris.sur.85@gmail.com>
Para: Eduard Weber <eduwebweb@yahoo.com>
Asunto: RE: Ya estoy sola
2022-06-20 02:10

No puedo dormir y dudo mucho que lo consiga. Sé que nos encontramos a muy pocas horas de resolver lo nuestro. También necesito disculparme por mi torpedeo de correos. Es domingo, tú estarás con ella y no quisiera ponerte en un compromiso.

He salido a cenar unas tapas con cerveza por Les Rambles y me salen chispas del cerebro. Supongo que las dos cañas que me he tomado son las culpables de mi anterior correo. Ahora lo releo y desearía borrarlo. No me molesta que te des cuenta de lo ansiosa y desesperada que me tienes: me molestaría ser un incordio y traerte problemas. No te preocupes, esperaré y me ceñiré al plan previsto, incluso puede que mañana aproveche para visitar de verdad unos gimnasios de mujeres... Jajaja... ¡Idea! Sacaré unas fotos y de esta manera la coartada será perfecta... Jajaja... Por favor, Edu, no tengas en cuenta mi anterior mensaje, llegaré el martes al mediodía como planeamos; además, he conocido a una mujer muy interesante, igual la llamo y quedo a comer con ella.

Deseo tanto estar ya en tus brazos que se me trastoca el cerebro, ya lo ves, y es que estos días, más que nunca, no puedo dejar de pensar en lo que podría haber sido y no fue. Aún estamos a tiempo.

Te quiero.

Ce
(Es una ce que se abrazará fuerte, muy fuerte, a la almohada soñando que le des cobijo pronto entre tus brazos).

Cris ha pasado la noche entre cabezadas, la más larga de no más de una hora. Entremedias la misma obsesión: comprobar el correo una vez tras otra. Ya muy de madrugada consigue dormirse hasta que el trasiego en el pasillo y en las otras habitaciones hace que se despierte. Abre los párpados con pesadez, comprueba la hora en el teléfono. Son las diez y media de la mañana. Además, ve en su móvil que en el sobrecito del correo hay un tres enmarcado en un círculo rojo. Recibe un chute de adrenalina. La emoción solo le dura un instante, el que necesita para comprobar que ninguno de los tres correos es de Edu. No comprende nada. Edu, por descontado, ya la habrá leído. ¿Por qué no escribe? En su interior, unos gusanillos crecen, la devoran a pellizcos y le roban el aire. Suspira y aspira. Mira en el *spam*. Nada. Vuelve a suspirar. Vuelve a inspirar. ¿Y si los suyos están en el correo basura de Edu y él no se ha dado cuenta? ¿Por qué no le contesta?

Cristina no tiene otra manera de ponerse en contacto con él. No tiene su número. Si lo tuviera, no le importaría romper su palabra de solo ponerse en contacto por *email*. Ya hubiese vigilado el tono del wasap por si lo leía Silvia. Un simple «Hola, Edu, qué tal todo por Alemania» bastaría para darle un toque en clave. Coge el móvil y lo aleja, a veces funciona. Se da una ducha, deja que el agua le resbale por la cara, se enjabona y se aclara lentamente, se envuelve en un albornoz, se seca el pelo con una toalla, se observa en el espejo y se resiste a salir pitando a comprobar el correo otra vez más. Trata de esperar un poco, pero no puede. Cruza el umbral que separa el baño de la habitación, desbloquea la pantalla y nada. Otra vez nada, ¡maldita sea! Empieza a notar una sensación de mareo que la asfixia. «Lo ha vuelto a hacer», piensa. «Lo ha vuelto a hacer», se convence.

Se sienta al borde de la cama con el móvil en las manos. Le flojean las piernas y se le agita la respiración. Debe controlarse. Por el pasillo, al carrito de la limpieza le chirrían las ruedas. Escucha que llaman a una habitación y eso la desespera aún más; pronto golpearán en su puerta. No sabe ni qué hora es. Desbloquea de nuevo la pantalla de su Samsung, ya pasan de las once y sigue sin noticias. Tira el móvil sobre el colchón y se viste. De pronto nota que se ahoga entre esas cuatro paredes y necesita que corra el aire. Sale y tropieza con las chicas del servicio. Saluda, educada, y es correspondida. No quiere perder las formas. Recorre el pasillo, entra en el ascensor, baja a la recepción, cruza el vestíbulo y sale a la calle. El tráfico de Barcelona la recibe como un fuego intenso que agita sus miedos y sus llamas. Vuelve a desbloquear el móvil y una lágrima le recorre ansiosa la mejilla, espontánea y furtiva, cuando advierte el aviso característico de que tiene un correo nuevo. «Es él. Y no son buenas noticias». Está segura de su premonición.

De: Eduard Weber <eduwebweb@yahoo.com>
Para: Cristina Sureda <cris.sur.85@gmail.com>
Asunto: RE: Ya estoy sola
2022-06-20 11:35

Hola, Cris:

Perdona que haya tardado tanto en contestarte. Es que no sé cómo decirte esto. Verás, no lo entiendo, pero desde que quedamos no he dejado de darle vueltas y no puedo hacerle esto a Jorge. Es cierto que llevamos mucho tiempo distanciados, pero es mi mejor amigo de la infancia y la juventud y soy incapaz de engañarle contigo. El remordimiento me perseguiría para siempre.
El problema es que ahora ya sé que no es solo sexo; hemos llegado demasiado lejos, Cris, pero aún estamos a tiempo de poderlo arreglar. Llevo días ahogándome y con ataques de ansiedad imaginando que decidíamos hacerlo, irnos juntos y dejarlo, y sí, lo digo en plural porque no lo traicionarías solo tú, también lo haría yo, su mejor amigo. ¿Has visto *Leyendas de pasión*, de Brad Pitt? Es lo mismo: él está loco por la mujer de su hermano y ella por él, pero deciden sacrificarse por no hacerle daño. Es lo mismo. Para mí, Jorge es mi hermano.

Sé que no me perdonarás jamás, pero no puedo hacerlo.

Edu

De: Cristina Sureda <cris.sur.85@gmail.com>
Para: Eduard Weber <eduwebweb@yahoo.com>
Asunto: RE: Ya estoy sola
2022-06-20 11:37

He sido una idiota por creer que habías cambiado. Siempre has sido un cobarde, Edu. Siempre te ha faltado valor para estar conmigo. No te entiendo. No lo entiendo. Pero creo que esto es algo que deberíamos hablarlo cara a cara. Me lo debes. Tenemos un asunto pendiente que hay que resolver de alguna manera y no puedes esconderte. Mañana, como tenía previsto, volaré a Alemania. Me debes una explicación y me la debes en persona.

Cris

De: Eduard Weber <eduwebweb@yahoo.com>
Para: Cristina Sureda <cris.sur.85@gmail.com>
Asunto: RE: Ya estoy sola
2022-06-20 11:40

No creo que sea buena idea; además, no entiendo qué es eso que tenemos pendiente. Ya está todo claro, no hay que darle más vueltas. Nos gustamos, más que eso. Nos queremos, sí, de acuerdo, pero lo nuestro es imposible. No podemos hacerle daño a Jorge. ¿No lo entiendes? ¿De qué quieres hablar? No hay nada de qué hablar, Cris... ¡Nada!

De: Cristina Sureda <cris.sur.85@gmail.com>
Para: Eduard Weber <eduwebweb@yahoo.com>
Asunto: RE: Ya estoy sola
2022-06-20 11:41

O sea, para ti está todo claro... Edu, creía que eras diferente... Me juré que no te perdonaría nunca, pero lo hice porque aquel día te comprendí. Comprendí que huyeras, aunque lo hicieras a la francesa, como un cobarde, y lo entendí como un acto de honor hacia Jorge. Pero otra vez he sido una estúpida y me lo has vuelto a hacer. Nunca escarmiento, Edu, tú siempre me dejas y yo nunca escarmiento.

De: Eduard Weber <eduwebweb@yahoo.com>
Para: Cristina Sureda <cris.sur.85@gmail.com>
Asunto: RE: Ya estoy sola
2022-06-20 11:43

Estás exagerando por algo sin importancia que pasó hace ya mucho. Y, sí, me marché a Alemania sin decirte nada. Pero ¿qué querías que te dijera?

De: Cristina Sureda <cris.sur.85@gmail.com>
Para: Eduard Weber <eduwebweb@yahoo.com>
Asunto: RE: Ya estoy sola
2022-06-20 11:45

¿En serio? Alucino contigo, Edu... ¿Algo sin importancia? Me dejaste plantada en el aeropuerto con una nota de despedida para Jorge sobre la mesa del comedor, y tienes los cojones de decir que fue algo sin importancia. ¿Y si no la hubiese podido destruir antes de que la leyera? ¡Eh! ¿Cómo que qué quería que me dijeras? ¿No llegaste a pensar ni una sola vez en cómo me sentí según iban pasando las horas sin que te presentaras? ¿No te importó cómo estaba sufriendo al ver que tenías el móvil apagado? ¿Sabes cómo me sentí cuando finalmente me decidí a preguntar en el mostrador si habías facturado por si estabas ya en la zona de embarque? ¿Sabes cómo me quedé cuando me confirmaron que habías cancelado el billete y que volabas rumbo a otro destino que, según me dijeron, no me podían desvelar? ¿En serio piensas que no me debes ninguna explicación después de pedirme que nos fuéramos a vivir juntos a Alemania? ¿¿¿En serio???

De: Cristina Sureda <cris.sur.85@gmail.com>
Para: Eduard Weber <eduwebweb@yahoo.com>
Asunto: RE: Ya estoy sola
2022-06-20 13:11

Veo que, como siempre, has entrado en pánico y no me piensas contestar. Y yo, que soy tonta, una estúpida mejor dicho, sé que te volveré a perdonar. Porque regresarán a mi memoria esos labios carnosos y esa mirada azul atlántico..., y volveré a desear estar a tu lado porque no puedo controlar mis sentimientos.

Cris

Epílogo

Los mástiles de los veleros campanillean en la distancia, las constelaciones ya se han encendido en el oscuro cielo y el faro verde de La Punta relampaguea amparando a los que navegan. Hoy Júnior le ha contado una historia de una niña que se había encontrado un libro en una biblioteca y cada vez que lo abría cruzaba un portal y entraba en un mundo de dibujos animados. En él vivían seres fantásticos, duendes y hadas con los que jugaba. Cada día corrían aventuras diferentes hasta que una tarde, mientras la niña estaba en el mundo fantástico, se incendió la biblioteca y ya no pudo volver al real. Jorge no ha comprendido el sentido de este cuento, no entiende por qué su madre se ha inventado un final tan cruel. Él ha tratado de ponerle remedio, ha añadido que los bomberos rescataron el libro y la niña regresó a casa. Pero Júnior se ha puesto a llorar y le ha dicho que ese final era horrible, porque la niña estaba enamorada de un elfo y vivía feliz con él. La ha tranquilizado contándole que su padre se llevó el libro chamuscado a la habitación y que de esa manera la niña podría vivir entre los dos mundos y feliz sin tener que renunciar a nada.

Él ya no puede hacer lo mismo, él necesita cerrar el libro y abandonar a Cris en el mundo virtual. Toda su vida es una mentira. Su hijo no es fruto del amor, sino de la lealtad de un amigo que en el último instante se arrepintió o tuvo miedo, qué más da. Lo importante es que ha descubierto que lo que más quiere en su vida, a Jorge Júnior, existe gracias a que Edu no lo traicionó. Ya nada podrá ser igual. Ya nada tendrá sentido.

«¿No crees que últimamente bebes demasiado?», le dijo Cris la última vez que compartieron la terraza, pero qué otra cosa puede hacer cuando solo la bebida le regala unos instantes de paz. Odio, rabia, tristeza, depresión… Todos esos sentimientos se mezclan cada vez que relee, hasta casi sabérselos de memoria, los dos últimos correos. Acaba de enterarse no solo de que es el segundo plato de su esposa, sino de que ella nunca olvidará a Edu, de que esa obsesión casi adictiva que él siente por ella es la misma que su esposa padece por su amigo, y por experiencia sabe que es algo contra lo que no se puede luchar. Se siente herido y traicionado. Mucho más que eso: triste y abandonado.

Cris ha escrito que los sentimientos no se pueden controlar y es verdad. Ahora mismo el sentimiento que más domina a Jorge es la ira; por eso abre el correo con ganas de hacer daño. Mucho daño. Desea contarle a Cris toda la verdad de ese buzón de correo fraudulento y que se entere, de una vez por todas, de que si Edu no ha dado señales de vida durante diez años es porque no la quiere; de que si «su Edu» se casa con Silvia no es para olvidarla; de que si su Edu se casa con Silvia es porque la ama.

Le piensa explicar todo eso por *email.* Como un sádico, se va a recrear en la descripción de los hechos. Es más, piensa contarle de paso que todos los recaditos que él le mandaba a Edu de su parte: las fotos, sus deseos, sus obsesiones; que todo formaba parte del mismo personaje de la cuenta de correo, de un *fake* tan falso como la propia Cris, y que jamás, nunca, ha cruzado una sola palabra sobre ella con Edu, que solo era un invento para ponerla cachonda. Que todo lo demás era una artimaña, más allá de lo que fuera que ocurriera esa noche cuando se encerraron solos en la habitación y de lo que pasara las semanas siguientes hasta que decidieron huir juntos a Alemania. Que semanas atrás tuvo que rogar a Edu que fuera a la última cena que compartieron los tres, que también le tuvo que pedir que, si ella tenía ganas de repetir la escena que protagonizaron diez años atrás, no se negara. Que se lo había tenido que suplicar para no dañarla. Le había tenido que suplicar que dejara que se lo follase. ¿Qué otra cosa la podría humillar más que esta verdad? A Jorge se le escapa una sonrisa perversa al imaginar a su esposa leyendo el correo que va a redactar a continuación. La proyecta en su mente destrozada, rota y muerta de la vergüenza. Entra en un súbito estado eufórico y se le escapa una carcajada. «Hija de puta», pronuncia. «Hija de puta», repite tras volverse a llenar la copa. «Hija de puta». No puede reprimirse una tercera vez al acabar el primer párrafo.

Hola, Cris...

Ha llegado la hora de que sepas la verdad. La verdad de este correo, la verdad de EW. La verdad de esos mensajes que Jorge te hacía llegar de mi parte (eso de que no podía olvidarte y que solo conseguía correrme entre las piernas de otras mujeres si me imaginaba que eras tú). La verdad de esas fotos que le pedía para excitarme...

«Hija de puta», pronuncia una vez más al recordar el primer cruce de correos, cuando él se marchó a Barcelona y Edu le propuso a Cristina quedar en secreto. Su intención, la de Jorge, no era otra que certificar su amor y su fidelidad. Habría deseado que ella se hubiese negado a ver a Edu a sus espaldas, que se hubiera enfadado con él y le hubiese recriminado la traición. Que le hubiese escupido en la cara qué tipo de persona era capaz de aprovecharse de una fantasía sexual a tres para traicionar a un amigo. Que le hubiese mandado a la mierda. Así habría borrado de golpe todos los miedos que le asfixiaban cuando empezó a ser consciente de que todo aquello no había sido solo sexo.

Eso era lo que él buscaba con su correo fraudulento: una muestra de lealtad y amor verdadero. Y la había encontrado, pero hacia ese Edu que no existía. «Hija de puta», se repite una vez más al oír la entrada de un wasap y releer de cabeza aquel cruce de mensajes falsos y tan cínicos como ella y que no se ha cansado de enviarle durante toda la mañana, entre desconsolada y arrepentida. Mensajes donde le dice que lo quiere mucho, que lo echa de menos y que se le hace imposible imaginar una vida lejos de él. Ahora sabe que no son más que chorradas que la ponen en evidencia…, y eso hace que su rabia crezca cada vez más. Jorge desbloquea la pantalla y se sorprende al ver que no es ella, sino Gloria, que le pregunta si pueden hablar. Son casi las doce de la noche y que quiera hablar con él a esas horas es raro. Demasiado. No se lo piensa dos veces y la llama.

—¿Gloria?

Ella contesta al primer tono.

—Jorge…, supongo que sabes con quién he estado cenando.

—¿Cómo? —Tras un instante de desconcierto, lo adivina (recuerda su intención de cenar con el ama en uno de los *emails* a Edu)—. ¿Con Cristina?

—¿No te lo ha dicho?

—No… No lo entiendo.

—Me ha llamado al mediodía para quedar a comer, pero no me iba bien y lo hemos dejado para la cena… O sea, que no te lo ha contado… Querrá darte una sorpresa, no la fastidies…

—¿Te ha pedido volver a la *dungeon*?

—A ver, ella quería hablar. Estaba tensa, con miedo, como si le pasara algo… Quería hablar y he sido yo la que ha sacado el tema…

194

—¿Qué tema?

—Qué tema va a ser… Está como obsesionada por hacer algo diferente en su vida, tú ya lo sabrás. Necesita dar un giro y ser más independiente. Me ha hablado de su proyecto de montar un gimnasio exclusivo para mujeres y no sé cómo he empezado a hablarle de mí, de cómo empecé, de mi carrera, por decirlo de algún modo…

—De tu carrera como *mistress*, quieres decir…

—No, de mi doctorado en Bioquímica, no te jode… —La risa de Jorge la interrumpe—. Pero no me cortes, que tengo que pedirte algo…

—¿A mí?

—Sí, a ti…

—No entiendo nada. Oye, ¿has bebido?

—Pues sí, nos hemos tomado una botella de Moët & Chandon mano a mano… Cristina es de las que tragan, ¿eh?

—Decías que querías pedirme algo.

—Ah, sí… Que si me prestarías a tu mujer.

—¿Qué?

—Verás, ella aún no lo sabe, pero pienso proponerle un negocio bastante mejor que el de montar un gimnasio, aunque antes quería consultarlo contigo.

—Soy todo oídos, Gloria.

—Que trabaje para mí. Con su exultante belleza la puedo convertir en el ama de sado más prestigiosa y cara del mundo. Yo le haría de instructora y mánager.

—¡Anda ya!

—¿No te gustaría? ¿No has dicho que te excita compartirla? Pues imagina qué sentirías cuando se marchara de viaje con un jeque árabe al que azotaría, vejaría y obligaría a masturbarse encima de sus pies durante toda una semana.

—¿Estás hablando en serio?

—¿Tú me ves capaz de bromear con esto?

—Ella no querrá, te lo aseguro. La conozco.

—Eso déjalo en mis manos…

—Es imposible, Gloria, no lo conseguirás, no querrá, es ridículo.

—Creo que no conoces a tu esposa tan bien como te crees…

Jorge no puede evitar comparar esa sentencia con los acontecimientos de las últimas horas, esos *emails* a EW, los wasaps hipócritas durante todo el día y esa cita con Ka a sus espaldas, así que se calla y Gloria piensa que ha perdido la comunicación.

—¿Jorge? ¿Sigues ahí?

—Sí, sí, es que estaba pensando en todo esto. Es surrealista…

—¿También encontrarías surrealista que te dijera que hemos quedado mañana para que asista a una sesión en directo? No veas la alegría que le he dado al afortunado cuando lo he llamado para decirle que íbamos a tener una última sesión.

—¿En serio?

—Te lo juro. Es más…, ¿qué te apuestas a que consigo que coja el látigo, que lo abofetee o que se mee en su cara?

—La verdad, alucino…

—Pero aún no me has contestado… ¿Te gustaría? ¿Lo intento?

En ese mismo instante entra un mensaje.

—Gloria, un momento. Me acaba de mandar un wasap.

—Vale.

Gordi, me voy a dormir ya

He estado viendo una serie en la tablet

Al final Isabel vendrá a Barcelona y puede

que me tenga que quedar unos días más

¿Te importa?

Te quiero mucho

Hola, cielo, yo también me voy a la cama
Estoy mirando las estrellas y pensando en ti
Te echo de menos

No bebas mucho
Quiero que me dures siglos

—No me ha dicho nada.

—¿De lo nuestro?

—Ajá.

—Querrá darte una sorpresa. Seguro que va a zurrarte de lo lindo, ya verás… Jajaja.

—Me ha dicho que posiblemente se quedará en Barcelona unos días más.

—¿Ves? Se ha mostrado muy interesada en el mundo BDSM. El problema eras tú, es decir, expresarse delante de ti… Le he propuesto, además de la sesión de mañana, mostrarle el ambiente… Quiero presentarle a gente de nuestro mundillo para que vea que no somos unos raros. Me la ganaré y entonces le propondré convertirse en un ama profesional. ¿Te parece?

—No aceptará…

—No lo tengas tan claro: cuando le he dicho lo que ganaban las amas más cotizadas del mundo, no se lo podía creer. Además, si quiere dar un giro a su vida, ¿qué mejor manera que forrarse humillando y dominando hombres?

—¿Me mantendrás al corriente?

—Siempre.

—¿Puedo contar con ello?

—Ya te lo he dicho.

—¿Aunque ella, en caso de que acepte, decida mantenerlo en secreto?

—Te lo juro.

—Pues te deseo mucha suerte. Pensándolo bien, puede resultar divertido.

—Y ganará más dinero que tú, Jorge.

—Ya lo veremos… Jajaja.

—Buenas noches, mi niño.

—Buenas noches, cielo.

Unas horas después de esta conversación telefónica, Cristina no deja de moverse en la cama del hotel donde se hospeda en Barcelona. Se le ha pasado el efecto somnífero del champán y sus agobios la despiertan una vez más. Y, también una vez más, la llevan a comprobar el correo de manera compulsiva y nerviosa. Tiene un *email* que la levanta de la cama con el corazón a mil por hora, como si la bombardearan.

De: Eduard Weber <eduwebweb@yahoo.com>
Para: Cristina Sureda <cris.sur.85@gmail.com>
Asunto: Azul atlántico
2022-06-21 01.35

Hola, Cris:

Tu anterior correo me ha llegado al alma y me ha hecho llorar, pero me mantengo firme en mi mensaje anterior porque no me queda otro remedio. Por favor, Cris, te ruego que no vengas. Me moriría si vinieses a recriminarme mis miedos, a insultarme, a echarme en cara todo el daño que te he hecho. No lo soportaría. Y no lo soportaría porque tienes toda la razón del mundo sobre mi cobardía, pero no es cobardía, sino desesperación. Desesperación por estar contigo y no poder. Huí de ti hace diez años porque no soportaba hacerle daño a Jorge. No habría podido disfrutar, pues el remordimiento siempre habría ahogado mis sentimientos. Me ha pasado lo mismo ahora, acabo de volver a vivir lo mismo, como en un *déjà vu*, porque quiero estar contigo pero no puedo, y eso me destroza y desespera. *Leyendas de pasión*, recuerda. Tampoco me parece inteligente, y más sabiendo cómo nos queremos, que rompamos con todo. Lo sé, tal vez te pida demasiado, pero podríamos mantener este buzón de correo, hablarnos y amarnos en la distancia, quién sabe... Dices que los sentimientos no se pueden controlar y tienes razón. Lo nuestro es eterno. Lo nuestro vivirá para siempre y negarlo nos provocaría un dolor innecesario, ¿no crees? A lo mejor algún día vuelvo solo a Las Palmas, Jorge me invita a cenar y tú me arrastras a vuestro dormitorio... Creo que esta sería una manera inteligente de estar juntos sin hacer daño a nadie. Tú tienes una familia y un hijo pequeño que os necesita a los dos como padres, y meterme ahí en medio sería horroroso para mí, no lo podría soportar. No sé si me entiendes.

Me encantaría que aceptaras mi propuesta, porque te quiero y siempre te querré.

EW

Este libro
se terminó de imprimir
en el mes
de febrero de 2024

«Para viajar lejos no hay mejor nave que un libro».

Emily Dickinson

Gracias por tu lectura de este libro.

En **penguinlibros.club** encontrarás las mejores
recomendaciones de lectura.

Únete a nuestra comunidad y viaja con nosotros.

penguinlibros.club